茶髪に凶悪目つきの外見やんきーな日野秋晴が私立白麗陵学院に編入してだいぶ経ち、厳しい従育科の授業にも耐えて、無事に二学期を迎えることと相成りました。

そんな矢先。無能事務員兼理事長・天壌慈楓の思いつきによる体育祭が開催されることになりました。無事に突発行事をこなすべく、有能無比な従育科専任教師・深閑は忙殺されていたのでございます。

――それは、有能であるがゆえの業、とでも申すべきものでありましょう。

そのほかにも、彼女はひとつの懸念を抱えていたのです。

それは……

れでぃ×ばと！⑥
著◎上月司

……ある生徒の「秘密」に
関わるものでございまして……。
獲物な秋晴は誰の手中に!?
日野秋晴
Akiharu Hino
あれよあれよと状況に流されまくる
執事候補生なやんき一面主人公。
意外にビビリで気い遣い。

れでぃ×ばと！
Ladies versus Butlers!
6
上月司
イラスト●むにゅう

「文句は後でお受け致しますわっ」
燃える！ お嬢様
セルニア＝伊織＝フレイムハート
Sernia Iori Flameheart
朋美との秋晴争奪戦に燃える
誇り高き生粋のお嬢様。
……メイド服って、なんで？

「――怖いわよ。悪い？」
腹黒の中にチラリと見える意外な一面!?
彩京朋美
Tomomi Saikyo
策謀が大の得意なお嬢様。
すべてが計算ずくなようでいて、
計算ではどうしようもない事もあって……？
怯える腹黒お嬢様×メイドな高飛車お嬢様!!

「勝負とは、非情なものなんですよ」
無自覚官能なフェロモン姉
四季鏡沙織
Saori Shikikagami
やることなすこと官能的に
男子のリビドーをくすぐる才能を持つ
驚異＆奇跡の体現者。ぽろりもあるよ？
「お、お姉ちゃん……っ!!」
無自覚官能なドジっ娘妹
四季鏡早苗
Sanae Shikikagami
やることなすことドジな結果になり、
しかも色々見え隠れしてしまう才能を持つ
ウッカリの体現者。今回も魅せます。
官能姉×ドジっ娘妹直接対決!!?

「これは訓練なんだから、ちゃんと——あっ……!?」
秘密の訓練×秘密暴露の誘惑!?
男装の麗人♥ 秘密を抱える執事候補生
大地薫
Kaoru Daichi
隠した秘密に気づいてもらえないがゆえに
あんなことになったりこんなことになったり、
今回もハプニングがいっぱいです♥

もくじ×ちっちゃれでぃ

「みみなも頑張るよっ」
体操服が最も似合う高校三年生!
桜沢みみな
Mimina Ousawa
ちっちゃいながら、何気に上級生。
運動は苦手だけど……でも、
体育祭、張り切っていきますっ!

れでぃ×ばとっ!

Ladies versus Butlers!

6

上月司

イラスト●むにゅう

デザイン●荻窪裕司

第十四話

「きゃっ……もう、また失敗です」

「えいっ……ああん、惜《お》しい……！」

「さっきはもう少しのところまでいきましたのに……」

「……っ、……！」

「ううん、一体何が足りないのでしょう？」

「そういえばわたし、今朝《けさ》はヨーグルトにブルーベリージャムを入れていなかったような」

「まあ、それは大変！　ブルーベリーが足りてませんのね」

「それと最近、実家にいる愛犬との触《ふ》れ合いが足りないような……」

「愛に飢《う》えてますのね……心中《しんちゅう》お察し致しますわ」

「……あっ……!?」

「でも私、コツを掴《つか》んだような気がします！」

「まあ、それは素晴《すば》らしい……わたしも頑張《がんば》らなければ」

「……、……！」

「ふふっ……どちらが先に取れるか、勝負ですね」

「……っん……！」

「ええ、どちらが勝っても恨《うら》みっこ無しよ？」

「いいえ、お二人ともそうはいきません。最後に笑うのは、この私でしてよ……！」

「……っ！」

口元には優雅《ゆうが》な微笑を浮かべながら、自分の勝利と互いの健闘を語り合う女生徒達——

「いやお前等、現在進行形で競技中だからな？」

……と、聞こえてくる話し声に突っ込みを入れつつ、日野秋晴《ひのあきはる》はグラウンドの様子をぼけーっと眺《なが》めていた。

というか、そこの喋《しゃべ》り過ぎな二人組。とりあえずブルーベリーも愛も関係ないから。真打ち登場みたいな風に会話に加わっていったポニーテールも、勝ちたいなら跳《と》べよ。一人黙々《もくもく》とジャンプしてる子がむしろ哀《あわ》れに映るし。

まあ見方を変えれば、グラウンドに広がる牧歌的な光景はちょっとした癒《いや》しかもしれない。何せお嬢様《じょうさま》達がわいわいきゃあきゃあ言いながらパン食い競争にチャレンジしているという、この後の人生で二度とは見れないかもしれないものなんだし。

「しかしまあ、平和なもんだなー。覇気《はき》って言葉を誰かあいつらに教えてやれよ」

「なら貴方《あなた》が教えてきなさいなっ！」

欠伸《あくび》を堪《こら》えて無駄口《むだぐち》を叩《たた》いたところ、すぐに横合いから怒られた。

体育祭みたいに普段とは違う精神状態にさせるイベント中でも、心外なくらい上育科のお嬢様連中から怖がられている秋晴の側にいられる女子なんて殆《ほとん》どいない。同じ赤組で、しかもこんな上から目線で言ってくる相手となると、もう一人しかいなくなる。

そんな特例で髪型《かみがた》も特別というかあり得ない感じな縦《たて》ロールにしている、金髪《きんぱつ》ドリルなセルニアだ。今日は体操服にブルマなんてイマドキとは程遠《ほどとお》い目立ちまくりな格好をしているけど、他《ほか》の生徒達も同じ格好なので一人だけ浮いているってことはない。

むしろ秋晴《あきはる》の方が応援団みたいな長ランファッションをさせられているせいで浮いていて、なのに気持ちはやや沈み気味なので、ため息混じりの言葉で返した。

「嫌《いや》だ、というか無理。お前がやれよ、一年の代表格っぽいことやってるんだから。……まあ、多少煽《あお》っても意味なさそうだけどな」

皮肉の意味でなく言うと、セルニアもそれは理解したらしく悔《くや》しげに唇《くちびる》を結ぶだけで言い返してこなかった。

パン食い競争なんてやるのはお嬢《じょう》様《さま》達も当然のように初体験らしく、今のところ無事にゴールした選手はゼロ。全員、何度もパンを咥《くわ》えようとしては失敗して、挙げ句の果てに誤って地面に落としてしまい、仕方なくそれを手で拾ってゴールまで運ぶという散々な結果が続いているだけだった。

少し前の学年別四百メートルリレーで、セルニアは朋美《ともみ》の黒組に負けてしまったものの、その奮戦《ふんせん》振《ぶ》りに赤組が湧《わ》き立って、『皆で頑張《がんば》ろう』という空気になった——ところまでは、良かったのに。

「あれだけ盛り上げまくった後にこれって、流れとしては最悪すぎだぞ」

大した高さじゃないし、吊《つ》るされているのもコッペパンみたいに分厚いものではなくてクロワッサンやらパニーニやらなので、ちゃんと食いつけばあっさり取れそうなものなのに、顔を赤らめた令嬢《れいじょう》達にはどーにもそれが難しいらしかった。

赤組の士気は相当高くなっていたと思うんだけど……なんというか、やる気を出すのと、羞《しゅう》恥心《ちしん》を忘れるのでは、また別の話らしい。乙女心《おとめごころ》は難儀《なんぎ》なものですよ。

「やってる連中は楽しそうだけど、グダグダもいいとこだな。さっきの大玉転がしも酷《ひど》いもんだったし」

「……仕方ありませんわっ。中等部の子達も、あんなことをするのは初めてだったんですのよ！」

「まー、普通は大玉転がしするような場面なんてないわな。わーきゃー騒《さわ》いでて、見ている分にはそれなりに微笑《ほほえ》ましい光景だったが。ただ、やたら時間が掛かった上にトップを取れなかったのが残念だったな」

それに続いての種目がこれっていうのは、酷い流れだと思わざるを得ない。

「パン食い競走っつーよりパン拾い競走になっている唯一の救いは、得点にならないから現状維持のままってことくらいか」

「……それだけじゃありませんわよ。少なくとも、赤組で棄権《きけん》する生徒がいないということはプラスの要因ですわ」

「あー……そういう考え方も出来るか」

確かに、あれだけ醜態《しゅうたい》を晒《さら》すような真似《まね》、一番手以下の生徒は嫌《いや》がって何か理由をつけて棄権《きけん》しても不思議じゃない。実際、青組や白組の生徒の中には棄権しているのがちらほらいる。あれだけ恥ずかしそうにしていても、ちゃんと参加している。なるほど、モチベーションの高さは維持出来ていると考えていいのか。

猪突猛進《ちょとつもうしん》とぐるぐるドリルが売りのセルニアが良く気が付いたもんだと、秋晴《あきはる》は腕組《うでぐ》みしながら感心して、

「今日はなんか、一味違うな」

「当然ですわ。平素からスペシャルな私ですけど、彩京《さいきょう》さんとの勝負となれば惜《お》しみなく全力を出しますわよ」

そんなことを、メラメラと燃えた目で言い放つ。

やっぱり朋美《ともみ》との対決は、セルニアにとって特別なものらしかった。しかもさっき、リレーとはいえ直接対決で負けたばかりだし、テンションは他《ほか》の生徒よりもずっと高いままだ。

それを感じ取った秋晴は、もう一度グラウンドを見て……しみじみと思う。

勿体《もったい》ない。ここで綱《つな》引きみたいな団結力とやる気でどうとでも結果が変わる種目だったら、きっと良い成績になっていたはずだ。なのに現実は色物《いろもの》種目っていうのは……プログラムで決まっていたこととはいえ、運がない。

ため息を吐《つ》きたくなるところだけど、隣《となり》にいるセルニアは不敵《ふてき》な笑みを浮かべ、胸を張って腕組みをする。

思わず突き出された胸に目線がいきそうになるのを最大限の自制で以て阻止《そし》し、秋晴は横目で、こちらを見る蒼《あお》い瞳《ひとみ》を見返した。

「構いませんわよ。多少流れが悪くとも、地力《じりき》では負けてませんもの。次の、午前最後の種目の借り物競走で私が見事な活躍《かつやく》をすれば、士気はまた跳《は》ね上がりますわ！」

「まー、そうだな。まだ致命的な得点差じゃないし、目立つヤツが頑張《がんば》れば他のやる気も上がるもんだし」

「ええ、間違いありませんわ！」

こいつ意外と考えてるんだなー、と秋晴はセルニアに対する認識を改め――

「……ところで、借り物競走って何なんですの？　私、人から物を借りることなんて滅多にないのでいまいち要領が摑《つか》めないかもしれませんわ」

「自信満々な癖《くせ》に内容が分かってないのかよ!?」

「プログラムに詳細《しょうさい》が書かれていないのに察しろという方が無理ですわ。それでも一応、想像はしてみましたけど、誰かから持ち物を拝借《はいしゃく》してその査定金額を競う種目ですの？」

「全然違う！　なんだその鑑定団《かんていだん》方式?!」

……認識の上塗りはキャンセルの方向で。やっぱドリルはどう転んでもドリルだ。

こんな調子で本当に大丈夫なんだろーかと赤組の未来に不安を感じながらグラウンドを見ると、パン食い競争も最終組に突入するところだった。

ずらっと並んだ四人の選手の姿に、秋晴《あきはる》は小さく「……おぅ」と呟《つぶや》きを漏《も》らす。あの、パッと見て分かるくらいの背の低さは、間違いなく桜沢《おうさわ》さんちのみみな先輩《せんぱい》だ。

「……先輩一人いるだけで世の中が不思議に見えてくるなぁ」

「何を意味不明なことを言ってますの？　これから桜沢さんが走るのだから、ちゃんと応援なさいな！」

「あいよ。……けど、あれ……」

不安そうな顔でスタートラインに立つみみなの姿に、秋晴は思わず眉《まゆ》を顰《ひそ》めた。

にぎやかしに近い種目だし、これまでが酷《ひど》い結果ばかりなので気軽に挑《いど》めそうなもんなのに、あのミニマムな先輩はどうしてあんな深刻そうに――

「ほらっ、スタートしましたわよ！」

セルニアに肩《かた》を叩《たた》かれて秋晴が我に返ると、もう皆走り出していて、早くもみみなだけ遅れていた。

顔を赤くしながら細くて短い手足を一生懸命《けんめい》に振り動かす様を眺《なが》めていると、なんというか子供の運動会を見に来たお父さんみたいな気分にさせられるなぁ。一種の癒《いや》し効果と考えていいんだろーか。

でも、癒されるだけじゃない。小さな体軀《たいく》の上に数年前まで心臓に欠陥を抱《かか》えていて運動は苦手、おまけにかなりの人見知りだっていうのに、遅れまくっているこの状況で諦《あきら》めることなく走っている。バラバラなフォームで、もう息も荒くなっているけど、それでも俯《うつむ》かずに前を向いている姿は、見ていて胸が熱くなる。

そして今――上手《うま》くパンを咥《くわ》えられずに四苦八苦《しくはっく》していた連中と、並んだ。

よし、ここからだ。ここでさくっとパンを取れれば、足の遅いみみなでも十分に一位を狙《ねら》えるはず……！

「頑張《がんば》れ、先パ――」

少しでも力になれればと秋晴は大声で応援しようとして……そのまま硬直《こうちょく》してしまう。

パンを咥えるべく大きく口を開いたみみなは、ぴょんっとその場で跳《は》ねるように頑張ってジャンプする。

……けど、届かない。

ジャンプの最高地点に到達した時の口の位置と吊《つ》るされたパンの間に、絶望的な十数センチという距離が。

そうか、スタート前に先輩が深刻そうな顔をしていたのは、こうなるかもって思ってたからか……！

「なんつー悲惨《ひさん》な……」

それでも他《ほか》の女生徒みたいに地面に落とすのなら、方法はある。口には高さが足りないけど、頭突きするつもりでジャンプすればギリで届くはずだから、そうやって落とせばいい。どうせ他の生徒もやっていることだし。まー、故意かアクシデントかの差はあるけど、正攻法が完璧《かんぺき》に封じられている以上は仕方がない。

けど、その方法に気付いていないのか、みみなは頑張《がんば》ってジャンプを続けている。ちょっと手をばたつかせたり首を精一杯伸ばそうとしたりと工夫しているけど、残念ながら何の意味も無いというかむしろ逆効果だ。飛ぶ姿勢も崩《くず》れるから、見ていて冷や冷やものだよ。

そうこうしている内に他のメンバーは落ちたパンを手で拾って、小走りくらいの速度でゴールしていく。

最後に残ったのは、みみな一人だけで——

「……ちょっと、日野秋晴《ひのあきはる》っ。貴方《あなた》、何とかしなさい！」

「……そ、そうだな。何とかしないとな」

セルニアにせっつかれて、ようやく秋晴はその選択肢《し》に気付くことが出来た。

このままにしておくとかなりまずい。赤組の士気が云々、って話じゃなくて、体育祭のお祭りムードが完全に沈むくらい哀愁に満ちた光景を見る羽目《はめ》になりかねない。

外見年齢《ねんれい》十歳《さい》前後の先輩《せんぱい》の顔は頬《ほお》が真《ま》っ赤《か》になっていて、しかも目が涙《なみだ》ぐんでいるようにも見える。届かないジャンプを続けるだけでも直視するに厳しい画《え》だってのに、しゃがみ込まれて泣かれた日には徹夜二連中でも関係無しに眠《ねむ》れなくなりそうだ。

事は一刻を争うと、秋晴はすぐに応援席からコースへと近付きながら、スタートラインの横でピストル片手に待機《たいき》している深閑《みかん》に視線を向ける。メイド服の専任教師はすぐにこちらに気付いて、しかも瞬時《しゅんじ》に意図を悟《さと》ってくれたらしくて小さく頷《うなず》く。

もう他の連中は失格ゴール済みで外野が微妙《びみょう》にざわついている中、秋晴は応援席と競技グラウンドの領域を隔《へだ》てるシルクのロープを跨《また》いで、未《いま》だにパンと格闘中のみみなの元へ早足で近付く。闖入《ちんにゅう》者に応援席側の奴等《やつら》が何か小声で言い出したけど、それは全無視。……というか、「暴漢が……！」とか「桜沢《おうさわ》さんが襲《おそ》われ……!?」とか聞こえてくるってのはどういうことですかこんちくしょうめ……！

素早くみみなの側へと行った秋晴は、こちらに気付かないまま目を潤《うる》ませてパンを見上げている小さな先輩の後ろに立って、何度目か分からないジャンプに挑《いど》もうとしている彼女に囁《ささや》くように声をかける。

「……ナイスガッツだけどちょいストップだ、先輩」

「ふ、ぇっ……!? ど、どうして、キミっ……」

「いいから、そのままな」

みみなは軽く息を弾《はず》ませたまま驚いた様子で振り向こうとするけど、秋晴はそれより早く膝《ひざ》を着くようにしてその場にしゃがみ込んで、

「よっ……と」

後ろから彼女の腰《こし》に腕《うで》を回して、ギュッと挟《はさ》むように抱《かか》え込んだ。

「うきゃあっ⁈ な、な、なにしてるのっ⁉」

「何って、ヘルプ。そのままじゃ届かないだろ――っと、暴れないでくれな」

まだ混乱している様子のみみなに一応そう注意をしてから、秋晴《あきはる》は足腰に気合いを込めて立ち上がった。

相手は小学生にも負けかねないサイズだけど、それでも数十キロはあるんだからと思って慎《しん》重《ちょう》に持ち上げ――

「……って、えらい軽いな。先輩《せんぱい》、体重いくつだよ？」

「おっ、女の子にそんなこと訊《き》いたらダメなんだよっ！」

重いって言った訳じゃないのに、怒られてしまった。むう、女心は難しい。

ともあれ、従育科の授業で神輿担《みこしかつ》いで川原を走り回された経験に比べれば、みみなを持ち上げるのは簡単すぎる。もしかしたら幼稚園くらいの子供にお父さんが高い高いをしてあげる感じで、脇《わき》を手で支えて持ち上げることも出来たかもだ。

まあでも、驚きの軽さにいつまでも感心してはいられないので、秋晴はみみなの項《うなじ》を見上げるようにして、

「ほら、さくっと咥《くわ》えちまえ」

「うぅ～……で、でも……」

「大丈夫、他《ほか》の奴等《やつら》も全員失格なんだから。今更って感じだよ」

　そこまで言うと、赤面したまま不安そうにこちらを見ていたみみなもようやく前を向き、顔のすぐ前にぶら下がっていたクロワッサンに小さな口で精一杯かぶりついた。

　それをちゃんと確認してからゆっくりと持ち上げていた体を地面へと下ろし、秋晴は腕を放してふぅと息を吐《は》く。

「よし、それじゃゴールまで頑張《がんば》ってくれ。パンを落とさないよう、それから転ばないよう気を付けてな」

「うぅっ、むぅ～～～！　ん、む、う～～～」

「……いや何言ってるかさっぱりだから」

　口に咥えたパンを離さないまま何やら言っているみみなに苦笑混じりで手を振り、秋晴はそそくさと応援席の方へと戻る。

　そして無事にゴールしたみみなの姿を確認して、ホッと胸を撫《な》で下ろす。

　良かった、最悪の事態は回避《かいひ》出来た。得点にはならないし恥ずかしい思いをさせてしまったかもしれないけど、まあでも良くフォロー出来た方だと自画自賛《じがじさん》しておこう。

「ミッションコンプリート、だな」

「そうですわね、一応褒《ほ》めて差し上げますわ。……ですけど、もう少しスマートな解決方法は

取れないものですの？　あんな、先輩《せんぱい》に抱《だ》き付くような破廉恥《はれんち》な真似《まね》を……ッ」

「え？　微笑《ほほえ》ましい光景じゃなかったか？」

気分としては『木の枝に引っかかった風船が取れずに困っている子供を抱《だ》き上げて、自分の手で取れるようにしてあげた』って感じに近いはずだったのに。……おかしいな？

秋晴が首を捻《ひね》っていると、セルニアは不機嫌《ふきげん》そうなまま「まあいいですわ」と呟《つぶや》いて、

「先の種目では殆《ほとん》ど得点の動きは無く、今回の種目は全組失格……これはある意味、チャンスですわね」

「おぉ？　どういうことだ？」

「サッカー好きの叔父《おじ》がいるのですけど、前半終了間際と後半開始直後の得点は絶大な効果があると仰《おっしゃ》ってましたわ。ですから……！」

そう言って瞳《ひとみ》に炎《ほのお》を宿したセルニアの姿は、確かに何かを期待させられるある種のオーラがある。遠巻きにこちらを注視していたチームメイトが、なんか両手を組んでうっとりとし始めたし。

でも、だからこそ秋晴は右耳の安全ピンを軽く触《さわ》りながら、ちゃんと訊《き》かなきゃいけない事《こと》柄《がら》に触《ふ》れてみた。

「――で、借り物競走がどーいう競技か、理解したのか？」

「それは勿論《もちろん》、さっぱりですわ！」

「…………堂々と言い切りやがるし……」

やれやれだとため息を吐《つ》いて、秋晴は得点ボードへ視線をやった。

まだそれ程《ほど》の得点差はないけど、それでも黒組が一歩抜け出している。赤組は一応二位につけているけど、二位以下は数点差の団子《だんご》状態だ。

――ここから、黒組を筆頭とした難敵《なんてき》相手に勝利と得点を重ねていかなくちゃならない、と。

「なんっつーか……前途多難だな」

誰に言うでもなく呟《つぶや》いて……それから秋晴《あきはる》は、口元を引き締めた。

確かに道は険しそうだけど、諦《あきら》めるつもりも滅入るつもりも全くなかった。

勝ちたくて仕方ないのは、何もセルニアだけじゃない。

「…………………ん？」

静かにぐっと拳《こぶし》を握り締めていると、誰かに見られているような感じが。

首筋《くびすじ》辺りがざわつく感覚に、訝《いぶか》しく思って振り向けば――遠くから自分達を見ている彩京《さいきょう》朋美《ともみ》と、目が合った。

黒組の参謀《さんぼう》というか影のリーダーとして暗躍《あんやく》しているはずの幼馴染《おさななじ》みは、視線を絡《から》ませたまま、不敵《ふてき》な微笑《ほほえ》みを投げてくる。

過去に何度も見た今の状況を愉《たの》しんでいる様子に、それだけで背筋がぞわっとくるような感覚に襲《おそ》われて――

「…………上等」

負けじと、秋晴は笑みを返す。

あの、頼りになるけど意地悪で、世話焼きだけど腹黒い幼馴染みに勝ちたいのは、自分も同じだった。

◆　◇

「――というわけだ」

「……要するに、封筒の中にお題の書かれた紙が入っていて、それを持っていけばいいんですのね？」

「ああ。あの理事長がどれだけルールを把握《はあく》しているのか知らないけど、基本的にはこの場にある物しか書かれていないはずだ。例えば眼鏡《めがね》とかボールペンとか。変化球だと……友達とか、ピアノを弾《ひ》ける人とかな」

「物ではなくて人というパターンもありますのね……とにかく、一緒にゴールをすればそれでクリアですわね」

納得したように頷《うなず》くセルニアを見て、秋晴もホッと安堵《あんど》の息を漏《も》らす。

何とかちゃんと理解して貰《もら》えたらしい。さっきは『誰か、人から物を借りてだな……』と言った瞬間《しゅんかん》、『フレイムハート家の息女《そくじょ》たる私に物乞《ものご》いのような真似《まね》をしろと仰《おっしゃ》って⁉』と即キレられて大変だったから、感慨《かんがい》もひとしおだ。

一応は理事長の楓《かえで》が放送で軽い説明をしていたものの、微妙《びみょう》に要領を得ない内容だったので、改めて秋晴《あきはる》が解説をすることになったのだけれど……やー、上手《うま》くいって良かった。

ただ、それでもやっぱり、少し不安は残る。

何が不安なのかというと、勿論《もちろん》目の前で自信満々な表情で今にも高笑いを上げそうな感じのセルニアだ。どうしてこのドリル様は競技内容を理解しただけでもう勝った気になっているんですかね？　どの封筒を取るかで難易度《なんいど》が変わるから、運の要素も割と強いっていうのに。どこからあの自信が湧《わ》いてくるのか、分析《ぶんせき》出来ればなんかの賞とか取れそうな気もする。

『はいはーい、借り物競走に出る生徒さんは、急いでうきうきゲートの前に集合してください～。それと四人でレースのはずだったんですけど、先生がお腹空《なか》いてきたので一度に六人にしちゃいますねー。その辺りの調節と封筒の設置は、深閑《みかん》ちゃんとその仲間達にお任せしているので皆さん安心して下さいね～？』

……そんな、ちっとも安心出来ない放送をしてくれやがる理事長兼事務員。

意表を突いて人を脱力させる技能という点では天才的な楓が、どんな内容のお題を用意しているのか、そこがかなりの問題だ。

「それでは、私は行って参りますわね。貴方《あなた》はそこで赤組の勝利を祈りながら、私の華麗《かれい》なる

「あ、おい、セルニア」

咄嗟《とっさ》に呼び止めようとしたものの、戦闘モードに入ったドリルの耳には入らなかったようで、そのままスタスタと歩いて行ってしまう。

その後ろ姿を見ていた秋晴は、手持ち無沙汰《ぶさた》になってしまい後頭部を掻《か》いて……

『あ、それからもう一つ、業務連絡ですよー』

そこに、再びお気楽理事長の声が。

『手の空いている従育科の生徒さんは、わくわくゲートの横に集まって借り物競走の準備を手伝って下さい～。大至急、ですよー？』

「……大至急っていうくらいならもっと早く伝えておけって……いや伝え忘れていたから結果的に大至急になったのか……？」

呟《つぶや》きながら、まあでも仕方ないと秋晴は駆《か》け足で指定のゲートまで行き、チア服に身を包んだ従育科女子生徒に指示をしていたメイドさんへ近付いた。

普段は食堂で指南してくれる良き先達《せんだつ》でもある彼女はちらりとこっちを見ると、

「ああ、丁度《ちょうど》良いところに。人手が足りなかったんです」

「はあ……で、俺《おれ》は何を？」

「ええ、あれを運んで下さい。他《ほか》の五つはもう運び始めているので、彼女達に付いていって横に並べて下さいね。男の子なら一人でも運べるでしょう？」

そう言いながら指差された『ソレ』を見て……秋晴《あきはる》は、目眩《めまい》に似た感覚に襲《おそ》われた。

……そうか、ここでか。ここで『ソレ』を使うのか。

自分も組み立てを手伝ったけど、まさかこんなところで使われるとは。

「さ、早く。競技が始められませんから」

急《せ》かされてしまい、秋晴は力なく頷《うなず》く。呆《あき》れまくりで働きたくない気持ちがマックスだけど、先輩《せんぱい》メイドもかなり呆れ成分の混じった口調だった。辛《つら》いのは自分だけじゃないんだ。……というか、これから本当に辛い思いをするのは選手だし。

ため息を吐《つ》いて、秋晴は『ソレ』を押してトラックの中央辺りまで運ぶ。キャスターが付いているのにあんまり早く動かせないのは、気が重いからだろうな、たぶん。

ようやくって感じで他《ほか》の五つと同じくらいの間隔《かんかく》になるよう置いて、やれやれだと思いながら顔を上げ……

それとほぼ同時に、この日の為に急遽《きゅうきょ》呼ばれたプロオーケストラによるトルコ行進曲の生演奏が聞こえてきた。

「しまった、応援席に戻るタイミングが……」

慌《あわ》ててうきうきゲートの方を見ると、借り物競走に出る選手達がゲートを潜《くぐ》ってグラウンドに現れるところだった。

時既《すで》に遅し、と秋晴は競技中に応援席まで戻るのを諦《あきら》める。他に何人か従育科女子も取り残されているし、バタバタと動くと悪目立ちするだけなので、ぼんやりと行進する選手達を眺《なが》めることにした。

「……しかし、予行練習もしていないのに綺麗《きれい》なもんだ」

流石《さすが》はお嬢様《じょうさま》軍団。整列したまま乱れることなく、それでいて軍隊みたいな厳《いか》めしさは無くて楚々《そそ》とした雰囲気《ふんいき》がある。

だからこそ覇気《はき》に溢《あふ》れたセルニアはちょっと浮いていて、非常に目立つ。それが悪いようには感じられなくて、むしろ好印象っていうのがあのドリルの凄《すご》いところだ。

先頭を歩くセルニアを感心しながら見ていた秋晴は、勇ましいその振る舞いにしばし目を奪われていたものの、他にも列の中に見知った顔がいることに気が付いた。

「うわ、朋美《ともみ》も出るのか」

徒競走、学年別リレーに続いて本日出陣《しゅつじん》三回目の幼馴染《おさななじ》みは、周りの生徒に合わせて静かな空気を纏《まと》っていた。あの辺は流石《さすが》、猫被《ねこかぶ》りのプロ。

闘志はセルニアに負けていないはずなのに、自分のキャラを考慮《こうりょ》して控えめに、それでいて同じ黒組の生徒には笑顔で何やら囁《ささや》いている。きっと、『楽しそうですね』とか『精一杯頑張《がんば》りましょうね』みたいなことを言って、さりげなく士気を煽《あお》っているに違いない。

しかしまあ、並んでいる列が違うので、今回は直接対決じゃなさそうだった。そのことに秋晴は少し安心する。この手の種目は猪突《ちょとつ》型のドリルより頭脳型の腹黒の方が向いているから、セルニアには分が悪い。

二連敗は今後に響くダメージになりかねないし、良かった良かった。

――ただ、勝ってもノーダメージで済むとは限らないけど。

これからどうなるかを予想して、秋晴《あきはる》は心の中で合掌《がっしょう》。

そうこうしている間に選手達は定位置に着き、スタートラインの横に立っている深閑《みかん》の合図で第一走者が前に出た。

オーケストラが奏《かな》でる演奏もややテンポの速いものに切り替わって――

パアン、という破裂《はれつ》音と共に第一組目の走者六人がスタート。中でも一人抜け出したのはセルニアで、他《ほか》のお嬢様《じょうさま》連中をグングン引き離して、中間地点の封筒《ふうとう》が置かれたポイントに辿《たど》り着く。……どうでもいいけどこういう時って地面か、良くても会議用の長テーブルの上に封筒を置くんだろうけど、なんで白麗陵《はくれいりょう》だと彫刻細工《ざいく》の見事なアンティークが一人に一卓宛《いったくあて》がわれているんだろうなぁ……

ともあれ、無事にトップで辿《たど》り着いたセルニアはざっと机を見渡して、何か閃《ひらめ》いたのか右から二番目の机へ飛び付いた。

そして重しを兼ねて封筒の上に置いてあったペーパーナイフを一閃《いっせん》、開封して中からお題を取り出しに掛かる。

他の生徒はようやく机に辿り着いたばかりで、完全なセルニアの独走状態。大言《たいげん》を吐《は》くだけあってセルニアに余裕《よゆう》を見せつけるような油断はこれっぽっちもなく、封筒から取り出した紙を勢いよく開いて、視線を落とし……

――そこに水を差す声が、グラウンドに響いた。

『ちなみにですねー、第一走者の借り物リストは全部衣服になってますので、借りたその、、、、、、服に着替えてゴールしてくださいね～？』

「……やっぱり、そーいう展開かよ」

スピーカーから聞こえてきた楓《かえで》の声に、秋晴はやれやれだと首を横に振る。

そしてアホな指令を受けた当人はというと……おお、手にした紙をビリリッと二つに裂《さ》いていらっしゃる。思いっきり頬《ほお》を引き吊《つ》らせて震えているところを見ると、相当アレなお題が書かれていたのかもだ。

まあでも、セルニアを含む選手達には同情するけど、こうなるんじゃないかとは思っていた。だってトラックの中央に秋晴が運んできて設置したのは、丸い台座をレースのカーテンで覆《おお》った簡易《かんい》組み立てのフィッティングルーム――個人用更衣室《こういしつ》だ。

これを運べと言われた瞬間《しゅんかん》、借り物競走という競技と組み合わせてどんな使われ方をするかすぐに気付いたけど、実際に宣言されると一入《ひとしお》だよ。選手に対するご愁傷様《しゅうしょうさま》な気持ちと、理事長に対する残念さが。

秋晴《あきはる》はがっくり肩《かた》を落とし……かけ、視界に入った光景にハッとさせられた。

意表を突かれたセルニアは怒りに我を忘れたままで、見事に動きを止めたままだ。他《ほか》の生徒達は、おろおろしながらも開封したお題を手に歩き出したっていうのに。

「おいっ、セルニア！　何書かれているか知らないけど、とにかく動け！」

見ていられない有様《ありさま》に秋晴が発破《はっぱ》を掛けると、セルニアはようやくハッとしたようにこちらを向いて、

「わ、分かってますわよ！　言われるまでもありませんわ！」

叫ぶようにそう言って、歯を食い縛《しば》って走り出す。

いやもう、どう考えてもそれは強がりだから。フリーズしまくってたから。

相変わらずの強がり具合だけど、切り替えの早いところはセルニアの長所だ。一度動き出したならもう大丈夫だろうと、秋晴は胸を撫《な》で下ろす——ことが、出来なかった。

というか、さっきのセルニア並に唖然《あぜん》としてしまう。

何故《なぜ》かというと、再始動したドリルが突如コースを逆走して——まあそれだけならちょっと首を傾《かし》げる程度のことだけど——あっという間にスタート位置まで戻り、

「付いてきてくださいなっ！」

「っ——!?」

……あろう事か、ピストルに火薬を補充していた深閑《みかん》の腕《うで》を摑《つか》んだ。

その行動で、驚きながらも秋晴は理解する。封筒の中身、借り物競走のお題が何なのか。

そして当然というか勿論《もちろん》というか、腕を摑まれた深閑も一瞬《いっしゅん》で察したらしく、表情に激変が走る。大げさかもしれないけど、あの理知的なクールビューティーメイド教師が目を見開いて、狼狽《ろうばい》するように口を開けたり閉じたりしているってのは日本でオーロラが見えるよりもレアな光景のはず……!

「ふ、フレイムハートさん……!?」

「文句は後でお受け致しますわっ、今はとにかく付き合って貰《もら》いますわよ!」

一応は下手《したて》に出ているらしいけどそれは言葉遣《づか》いだけで、セルニアは強引に腕を引っ張り深閑を連れて組み立て式の更衣室《こういしつ》へと——つまりこっちへ向かって来た。深閑が本気で抵抗すればいくらでも阻止《そし》出来るんだろうけど、懸命《けんめい》に競技に参加している生徒を私情で邪魔《じゃま》する訳にはいかないとでも思っているのか、されるがままだ。

……たぶんあれ、頭の中では、混沌《こんとん》とした状況と、この状況を作り出した楓《かえで》への怨嗟《えんさ》で凄《すご》いことになっているんだろうなぁ……

その心情を察して手を合わせる秋晴の前で、セルニアと深閑はすぐ横にある更衣室へと入って、乱暴にカーテンを閉めた。

どうやら六つの封筒に入っていたお題は全部同じだったようで、他の女生徒達も適当なメイドさん達を捕《つか》まえて更衣室《こういしつ》へと集まって行く。従育科女子は漏《も》れなくチアリーダー姿なので、全員が普段はカフェや食堂、その他諸々《もろもろ》で働いているプロのお姉さん方だ。

連れられているメイド陣《じん》は、誰もが深閑《みかん》と似たような複雑すぎる心中《しんちゅう》を表した表情になっていた。

だって、生徒達がメイド服に着替えるってことは——

『さあさあ、皆さん順調にターゲットを捕捉《ほそく》して試着室に突入していってますね〜。殆《ほとん》ど団子《だんご》状態ですから、着替えのスピードが勝敗を分けることになりそうですよ？——と、危ない危ない、右から二番目の試着室、ちゃんとカーテンが閉まってないですよ〜。それからですね、台座から足を踏み外してうっかりお外にダイブしちゃったら色々と大変なので、皆さん気を付けてくださいね〜？』

そんな理事長のほのぼのボイスが言っている通り、六つ並んだ簡易《かんい》更衣室に二人ずつ入った結果、えらいことになっていた。

カーテンの継《つ》ぎ目から衣服が覗《のぞ》きそうになるわ、たまに素足が見えたりするわ、しかもお嬢様《じょうさま》方にメイドさん達の黄色い声のおまけ付きという……なにこれ、どこの深夜枠《わく》のどっきりハプニング期待番組ですか？　カーテンがひらひらしなくても、映り込むシルエットだけでも十分過ぎるくらい刺激的ですよ？

当然、更衣室の間近にいる秋晴《あきはる》はドキドキしっ放しだ。見ちゃいけないとは思うけど気になって仕方がないし、そもそもこの場にいるってだけで周りからの白い目が集中しているよーにも思えるし。違う、自分はそんな子じゃなくて、これはただの偶然《ぐうぜん》で……！

「待って下さいフレイムハートさん、そう焦《あせ》らずに……！」

「焦ってませんわ、ただ急いでいるだけですわよっ。さあ深閑先生、早くそれを――」

「ぼ、ボタンを外しに掛からないで下さい！　自分でやりますので、」

「くっ、随分と脱《ぬ》がせ難《にく》い…………あら？　意外な下着を、」

「生徒といえども許せない発言です、撤回《てっかい》を求めますっ。……いいえ、そもそもこのような場所で不適切な内容を口にしないで下さい……！」

…………なんというか、あの深閑があんなことを言うなんて、物凄《すご》く貴重《きちょう》な場面なのかもしれなかった。

鉄面皮《てつめんぴ》……とはちょっと違うかもしれないけど、無表情で氷の視線を飛ばす、メイド服の癒《いや》し効果をもってしても固いイメージばかりある深閑が、あんな声を出しているなんて。しかもレースのカーテン一枚向こうで生着替えの真っ最中って、誰がこんな未来を想像出来ただろうか。

　ともあれ、思春期の男心をときめかせるにも程《ほど》がある時間が溶《と》けるように過ぎて行き、その間を秋晴はドキドキハラハラしながら動けずにいて……

ややあって、真っ先にカーテンを開いたのは、

「——終わりましたわっ！」

左端《ひだりはし》の更衣室《こういしつ》を使っていた、セルニア——だったのだけれど。

開いたカーテンから出ようとしたドリルは、一瞬《いっしゅん》にして中に引き戻されて、すぐさまカーテンも音を立てて閉まった。

……………えーと……今、何か………………その、生足的なものが見えたよーな………

「なっ、何をしますの深閑《みかん》先生!?」

「何をしているのか訊《き》きたいのはこちらの方です……！　フレイムハートさん、貴女《あなた》は私がどんな格好をしているのか理解しているのですか!?」

「どういうことですのよっ?!」

「出て行く前に穿《は》いているブルマを渡して下さい、と言っているのです。同性の前ですらこの様《よう》なはしたない格好を見られたくないのに、教え子とはいえ外には異性がいるのですよっ」

「そんな暇《ひま》っ……体操服の裾《すそ》を引っ張って伸ばせば分かりませんわよ！　それに自分の穿いていた物を他《ほか》の方に穿かれるだなんて嫌《いや》ですわ！」

「私も遠慮《えんりょ》したいところですが、そうも言っていられないでしょう……！」

……………そんなやり取りが、ただ漏《も》れに。

セルニアはもう着替え終わっているってことは、さっき見えたのは……つまり、そういうこ

とだよな……!?

ほんの一瞬だったし、クリティカルな部分までは見えなかったけど、普段は隠《かく》れている部分があんな露わに……どんな場所でもロングスカートのメイド服を着ている深閑だからこそ、ここまでの感動があるわけか。徒競走の時に見たアイシェの体操服姿といい、きっと今日の占《うらな》いは『普段は隠れた一面の見える日』とかだったに違いないな、これは。

それにしても、あのドリル。深閑からメイド服を剥《む》いただけでなくて、下を隠せる物を穿いてない状態で放置しようとしていたとは。

無謀《むぼう》の行動ありがとうと秋晴《あきはる》が心中《しんちゅう》で礼を言っていると、再びカーテンが開かれた。

「…………おー」

颯爽《さっそう》と更衣室から飛び出したセルニアの姿は、思わず声が出てしまうくらい、秋晴の目にはかなり新鮮に映った。

白と赤を好んで、さらに露出の多い服を着ることがデフォルトのセルニアが、長袖《そで》にロングスカートを着ているってだけでも不思議な感覚がある。それに加えて落ち着いた藍色《あいいろ》のメイド服だっていうんだから、そりゃあ目を惹《ひ》くのも当然って感じだ。

「……しかしまあ、メイドさんらしさはゼロだなー」

ぽつりと呟《つぶや》いた自分の言葉に、秋晴はしみじみと頷《うなず》く。ヘッドピースが追加されたドリルへアを揺らしながら爆走する姿は、メイドからイメージされる包容力とか温かさとかみたいなものは全消しだよ。慌《あわ》てて着たからか走っているからかちょっと着崩《きくず》れしているし。

なんかこう、メイド好きの人達が見たら『俺《おれ》達のドリームを返せ！』と涙《なみだ》ながらに叫びそうなくらいの走りのまま、セルニアはあっという間にゴールラインを割った。

そこでようやく、応援席から歓声が。困惑混《こんわくま》じりのざわざわじゃなくて、素直に勝者を讃《たた》える声だ。しかも足を止めたセルニアが髪《かみ》を後ろに流して応《こた》えるように一礼するものだから、他《ほか》の組からも『素敵《すてき》』だの『華麗《かれい》です……』だの声が聞こえてくる。

ちょっとやり過ぎな感じはあるけど、効果は抜群。何だかんだであの貴族令嬢《れいじょう》にはカリスマ性があるんだなぁ、と秋晴《あきはる》はひとしきり関心して――

視界の端《はし》で何かが動いた瞬間《しゅんかん》、敏感に反応して勢いよくそちらを振り向いた。

すぐ横にある、更衣室《こういしつ》。その半開きになったカーテンから、おずおずとした感じで出て来たのは、体操服&ブルマという姿の深閑《みかん》だった。

それを間近で見た秋晴は、思わずブラボーと言いたくなる。普段が露出少ない格好なだけに、なんかもう意外性のある破壊力に溢《あふ》れまくりな画《え》だ。

あの深閑が、頬《ほお》を赤らめて、キュッと強く唇《くちびる》を結んでいる。……もう正直、これだけで二学期の間は頑張《がんば》れそうなのに、他にも盛りだくさんだ。普段は隙《すき》が無くてやや地味めなメイド服を着ているから隠《かく》れていたスタイルの良さがハッキリと目立つし、二の腕《うで》や生足を晒《さら》しているのも初めて見るよ。

いつもの毅然《きぜん》とした態度が印象深いから、恥ずかしいのを取り繕《つくろ》うとしている様子だけでもくるものがあるっていうのに。

『さーさー、次々とゴールして……あ、最後の選手もゴールですね～。着替える時間を取るのが勿体《もったい》ないので、選手さんはそのまま着順《ちゃくじゅん》に並んで下さいー』

——その放送に、愕然《がくぜん》とする深閑《みかん》。

生徒の着替えが後になるってことは、当然衣服を入れ替えたメイド組も着替えられないってことになる。

ふるふると肩《かた》を震わせた後、深閑は険しい視線を放送席にいる楓《かえで》へと突き刺し……それでも健気《けなげ》にスタートラインの横へと戻って行く。

全く、あの理事長は……ろくなことしないダメ人間だとしか思ってなかったけど、今回ばかりはグッジョブです。

秋晴《あきはる》が白麗陵《はくれいりょう》に来てから初めて楓に尊敬の視線を向けると、呑気《のんき》そうな笑顔の理事長はマイクを両手で掴《つか》んだまま、

『本当は二組目以降も着せ替え競走っぽくしたかったのですけど、時間が掛かりすぎるので残念ですが無理になっちゃいました。ということで、二組目からは普通にお題を持ってゴールするだけでいいですからねー？』

もういい大人《おとな》なのに体操服を着るという痛い経験をさせられた女性陣《じん》と、生着替えした上に

メイド服で走る羽目《はめ》になった生徒達の視線が、放送席に集中する。それでもにこにこしているんだから、あの理事長の鈍感《どんかん》マイペースっぷりはある意味大したもんだ。

それにしても――、と秋晴は意識を切り替え、恥ずかしそうに各々の所定位置に戻る体操着仕様のメイドさん達を見る。こんな光景、たぶん二度と見られないだろうから、ちゃんと見ておかないと。いや疚《やま》しい気持ちじゃなくて、これも一つの思い出としてね？　大切な学生生活の一ページとしてだよ？

自分自身にそんな言い訳をしつつ、秋晴はともすれば緩《ゆる》んでしまいそうな表情を引き締めて、あり得ない格好をしている深閑の後ろ姿やメイド服のセルニアを記憶《きおく》に焼き付け――

「秋晴、くんっ！」

「おわうっ!?　な、え、朋美《ともみ》……？」

呼ばれた声で秋晴が我に返ると、すぐ目の前に幼馴染《おさななじ》みの腹黒さんがいた。

「ぼうっとしていないで、ちょっと来て下さい！　大至急です！」

「と、え？　そんなこと、急に……」

言われても、と秋晴が続ける前に。

朋美の目がすぅ――と細くなり、左の手首を摑《つか》まれた後、整った唇《くちびる》から抑《おさ》えられた声が紡《つむ》がれた。

「……つい今まで間抜けな顔をしていた理由を大声で叫ばれたくなかったら、」

「よし行こう！　どこへでもついていかせて頂きます！」

元気溌剌《はつらつ》そう言うしかなかった。……ちくしょう、これだから腹黒は。人の弱点を的確に突いてきやがって。そんなことを言われた日には、周りの評価が落ちるだけじゃなくて色々と手ほどきして貰《もら》っている人達まで一気に敵《てき》に回しかねない。

選択の余地は完膚《かんぷ》無きまでに存在せず、秋晴《あきはる》は朋美《ともみ》に手首を摑《つか》まれたまま走り出した。

借り物競走だから四方八方に散った選手があちこちにいる。でも他《ほか》の皆はまだ自分のお題を手に入れてないらしく、ゴールに向かっているのは自分と朋美だけだ。

そしてあっさりとゴールラインを割ると、スピーカーから楓《かえで》の声が。

『はいはーい、第四組は黒組の彩京《さいきょう》さんが一位ですねー。ちなみにお題は「安全ピン」ということで、バッチリオーケーです』

「そんなお題だったのかよ?!」

てっきり『男子』とか『学生服』とかそんなお題だとばかり思っていた秋晴が叫ぶと、ポンと朋美に肩《かた》を叩《たた》かれ、

「そうよ。たぶん本部席に置かれているとは思ったけど、秋晴のいる場所の方が近かったし……それに、別の効果もあるし、ね」

いたずらっぽい声に、こいつは何を言っているんだろうと秋晴は眉《まゆ》を顰《ひそ》め……そしてすぐに、それに気付いた。

一位の列のトップにいるメイド服を着たドリルさんが、前世からの仇敵《きゅうてき》でもそんな目で見ないだろっていうくらいの殺意を込めて、ガンガンにこちらを睨《にら》んでいるという事に——

◇

◆

「全く、信じられませんわ。どうしようもない人物だとは理解していましたけれど、まさかここまで節操がないとは思いませんでしたわよ」

「…………もうその辺で勘弁《かんべん》してくれって……」

不機嫌《ふきげん》さを包まず隠《かく》さずリピートしまくるセルニアに、秋晴は項垂《うなだ》れながらサンドイッチをパクつくことでしか対応出来なかった。

ただいま、午前最後の種目が終わり昼食タイムに突入中。白麗陵《はくれいりょうじ》自慢《まん》のシェフ特製サンドイッチが配られ、思い思いの場所で昼食ということになったのだが、秋晴はずっとセルニアに愚痴《ぐち》られっ放しだった。

元の体操服姿に戻ったドリル様は、

「敵《てき》に塩を送るのも悪くはありませんわ。しかし劣勢時《れっせいじ》にその様な行為を取るなど、それはただの愚《おろ》か者でしてよ。分かってますの?!」

「だから……反省してるって……」

「フン、ちっとも誠意が伝わってきませんわね。この駄目《だめ》な庶民《しょみん》に、桜沢《おうさわ》さんからも何か仰《おっしゃ》ってやって下さいな」

「ふぇ……？　あ、う、その……相手が可愛《かわい》い女の子だからって、すぐについて行くようなのはダメなんだよ」

みみなにまでそんなことを言われてしまえば、もう秋晴《あきはる》は反論することも出来ない。それに流されてしまった原因が教師のコスプレ姿に夢現《うつつ》な気分に浸っていたからということを話す展開だけは勘弁《かんべん》だから、余計なことは言えないし。

「うー……大体、レディに対する扱いがなってないんだよね……あんな、人前で恥ずかしいことするし……」

地味にぼやき続けているみみなが頬《ほお》を赤くしていくのを横目で見つつ、いい加減この話は打ち切ろうと、秋晴はわざとらしく「それにしても、」と大きめな声で言って、セルニアの視線がちゃんとこちらを向いているのを確認してから続けた。

「いつものこととはいえ、朋美《ともみ》が相手だとやる気が違うな。今回は特にそう思うが……賭《か》けがあるからか？」

「……賭けていることが関係ないとはいいませんわ。けれど、それは些細《ささい》なこと。切っ掛けにはなりましたけど、今となってはそれ程《ほど》大きな要因ではありませんわよ」

そう言うとセルニアが闘志に満ちた目をどこぞへと向けたので、どうやら誤魔化《ごまか》すのには成功したっぽい。

けど、今度は秋晴が相手の言葉に気を惹《ひ》かれたので、素直に先を促《うなが》してみた。

「つまり、どういうことだ？」

「貴方《あなた》が口にした通り、相手が彩京《さいきょう》さんだからですわよ。彼女にだけは絶対に負けたくありませんし、彼女と競うからこそこの奇天烈《きてれつ》な体育祭にも全力を以て勝利するだけの価値が生じるのですわ」

「おお……そーかそーか」

なんだか良く分からないけど、火にくべられていた石のような、見た目は割と静かだけど問答無用の熱量がある。

それに押されるように秋晴が頷《うなず》いていると、一度は外されたセルニアの視線がリターンされた。

「本当なら日野《ひの》秋晴、貴方《あなた》にも別チームに入って欲しかったですわ」

「へ？　なんでだよ？」

それなりに役に立っているつもりなのに、と秋晴は抗議混じりの声を上げる。一部情けない場面や敵《てき》に塩を送って得点献上《けんじょう》する場面とかもあったよーな気もするけど、それでもなかなかに頑張《がんば》っているというのに。

「日頃の不遜《ふそん》で身の程《ほど》知らずな態度を顧《かえり》みればすぐに分かるはずでしてよ？　粗野《そや》な庶民に己

の格を理解させるには良い機会でしたのに」

「けれどこうなってしまえば仕方ありませんわ。融通《ゆうずう》の利かない駄馬《だば》でも上手《うま》く扱ってくれる乗り手には従うようになるというもの。黒組に、そして他《ほか》のチームにも勝つことで、改めて私との立場の違いというものを分からせて差し上げましてよっ！」

「…………へー……」

「…………」

いやまあ、そんな熱意溢《あふ》れた目で見られても。駄馬とか言われた直後だから。

秋晴《あきはる》は長く息を吐《は》いて、それからヤンキー座りでずりずりとみみなの横に移動。

手頃な位置にある彼女の頭をポンポンと優しく叩《たた》きながら、

「いいか、先輩《せんぱい》はあんな風に育ったらダメだぞ。きちんと真《ま》っ直《す》ぐ大きくなれよ」

そう諭《さと》すと、小さな先輩はぷうっと頬《ほお》を膨《ふく》らませて、

「み、みみなはもう大人《おとな》っ！　もう結婚《けっこん》も出来る年齢《ねんれい》なんだからねっ⁈」

「……やー、どう想像してもごっこ遊びか犯罪かの二択にしか……」

「…………うぅ～」

「ちょっと庶民《しょみん》！　先の言葉をよく考えてみましたけど、今貴方《あなた》、私のことを馬鹿にしていましたわねっ⁉」

「いや遅ぇよっ⁈」

──そんな賑《にぎ》やかなお昼休みの一時は、しばし続き。

ようやく終わった頃には、午後の種目が始まる間際となっていた。

あんまり心安まらない昼休憩《きゅうけい》が済んで、体育祭は午後の部に突入。

まず午後一の種目、玉入れでは各組がそれなりに健闘したものの、黒組の圧勝で終わってしまった。

……まー、仕方ないんじゃないかなぁ、というのが応援していた秋晴の感想だ。だって他《ほか》の組が普通に各自拾っては投げ拾っては投げとやっているのに対し、黒組は戦略的に動いていた。参加した殆《ほとん》どの生徒は地面──玉が汚れないようちゃんとシートが敷いてある──の上に散らばった玉を、動かずにいるアイシェとヘディエの元へどんどん運んでいき、受け取ったヘディエが次々に籠《かご》に投げ入れノーミスで玉が無くなるという事態。あんなのに勝てるかって話だよ。

二つ目の種目は五十メートルハードル走。これには赤組からセルニアと四季鏡《しきかがみ》も参加したものの、それでも黒組には僅《わず》かに及ばなかった。

セルニアは見事な速度と跳躍《ちょうやく》を見せたものの、四季鏡はハードルを薙《な》ぎ散らしたり転んだりと散々で、俊敏《しゅんびん》な大地《だいち》を筆頭に安定して上位を取る黒組はやっぱり強かった。

あとここで誤算だったのは、青組の意外な強さ。長身で運動神経もいい鳳《フォウ》が一位、小柄《こがら》だけど野生動物のような身のこなしのピナも一位、三家《さんけ》もハンデに負けず一位を取っていた。他の生徒も頑張《がんば》っていて、この種目では青組がトップに。

「ちょっと、どういうことですのっ⁉　これだけ皆が頑張って総合成績で三位だなんて、誰の陰謀《いんぼう》ですのよっ⁈　貴方《あなた》ですのっ⁈」

「よし落ち着け、それは大人《おとな》の世界の言葉で責任転嫁《てんか》っていうからな」

「これが落ち着けるものですかっ！」

リアルで地団駄《じだんだ》を踏んで悔《くや》しがるセルニアという面白いものが見れたものの、確かに状況は少し厳しいものに。

その次は何故《なぜ》か紅茶の銘柄《めいがら》当てクイズという、一歩も動かずに勝負が決まる種目。体育祭でそれはどうなんだって思うけど、動かずに済むからかお嬢様《じょうさま》達の性質に合うのか、参加者も多くてしかも間違える人は殆《ほとん》どいなかった結果、どこが勝つでもなく点数がばらまかれただけで終わった。

そして四つ目の種目で、ついに秋晴《あきはる》の出番が来たのだが……

「……なんで俺《おれ》が出る種目は色物《いろもの》が多いんだろーな……」

メイド軍団&選手以外の手の空いている従育科生によって準備が進むグラウンドを見ながら、しみじみと呟《つぶや》く。

第四種目は、障害物《しょうがいぶつ》競走。まあ跳《と》び箱とか平均台が運び込まれるのはともかく、大型トラック用のでかいタイヤやら金糸《きんし》をふんだんに織り込んでみましたって感じで光っている網《あみ》やらを見ていると、若干《じゃっかん》とはいえ気が滅入る。

本当は、こう、もっと青春っぽい、走って競って汗を流すような、そんな感じで盛り上がりたいのに……初っ端《しょっぱな》の徒競走が大吉色《だいきちいろ》に染められたせいか、まともなことは何も出来ずにいるなぁ……

それでも一応、全力で頑張るつもりではある。例によって従育科にはハンデがあるけど、一部規格外の生徒を除けばどうとでもなるし。

第一、色物な障害物競走に主戦力が投入されるはずもなくて、大地《だいち》や鳳《フォウ》といったエース級はいない。当然のように二人で一組のアーフラム主従コンビも参加していないし、ちょっと危惧《きぐ》していた大吉のエントリーも無し。

ただ一人、厄介《やっかい》な人がいて……秋晴は、自分と同じ組にいる彼女の顔を、ちらりと横目で見た。

他《ほか》の上育科女子と同じく体操服を着ているのに、素材から着こなし方まで全《すべ》てが違って見えるくらい輝いている麗《うるわ》しの令嬢《れいじょう》。容姿もスタイルも完璧《かんぺき》を通り越して芸術の域に達しているけど、その方向性は艶《つや》やかというか淫靡《いんび》というか……なんだろう、溢《あふ》れんばかりのエロスなんだけど、それがちっとも下品で無くてむしろ高貴な感じがする。

……そんな風体《ふうてい》なのに、実は家が没落《ぼつらく》しちゃってまあ大変な状況の上育科三年生、四季鏡《しきかがみ》沙織《さおり》が同じ列にいた。

彼女の姿を見ただけで素直な心臓は鼓動《こどう》を速めていて、秋晴《あきはる》は平静を装いながら前を向き、ゆっくりと深呼吸する。

集中、集中と秋晴が自分に言い聞かせている内に、競技はスタートした。

跳《と》んだり這《は》ったりの障害物《しょうがいぶつ》競走は見ていて面白いのか、応援の声は結構大きい。その声に押されてか、上育科のお嬢様《じょうさま》方も従育科生に負けじと頑張《がんば》って、なかなかに白熱の展開になっているようだった。

ハプニングも無くどんどん進み、あっという間に秋晴の組に順番が回ってきた。

色々あったけど、気合いは十分。指導員の役割をしているメイドさんが指示するのに従って、ゆっくりとスタート位置に着く。

それからスタートラインの横に立っている深閑《みかん》へと視線を移す。どうやら借り物競走での着せ替えパニックから完全に持ち直したらしく、一分《いちぶ》の隙《すき》もないデフォルトの無表情スタイルに戻っていた。

あんな辱《はずかし》めを受けたっていうのに流石《さすが》だなー、と感心と同情をミックスさせた感想を抱《いだ》いていると、深閑の腕《うで》が静かに上がりピストルの銃口《じゅうこう》が空へと向けられる。

それを見て、秋晴は慌《あわ》てて構え直し——

次の瞬間《しゅんかん》に鳴った破裂音《はれつおん》と殆《ほとん》ど同時に、勢いよく走り出した。

まずは上育科生よりも三十メートル長いハンデ距離を走り、数秒遅れでスタートラインを駆《か》け抜ける。加速がついたまま一つ目の障害である六段の跳び箱をさくっと跳び越えると、今度は敷かれたトラックタイヤの上を通らないといけない。

秋晴には別に大したことじゃなく簡単に通過することが出来たものの、おっかなびっくり渡っていた女生徒もいて、まず一人抜くことに成功する。一組六人のレースなので、残りあと四人だ。

平均台を一気に駆け抜けてまず一人追い越し、降りた直後に続いてもう一人と並んだ。秋晴が横目で見ると、彼女は「ひっ……!?」と息を呑《の》んであからさまに速度を落としたので、あっさり抜き去った。……順位は上がったけど、テンション下がるなぁ、これ。

でも体育座りスタイルになって落ち込むのは後だ。まだ前に二人、そして最後の障害のネット潜《くぐ》りが残っている。

薄《うす》いマットが敷かれた上に大きな漁獲《ぎよかく》用ネットという単純な仕掛けなだけに、一気に抜けられるような攻略法《こうりやくほう》なんて無い。その上、学ランにはボタンやらツメやらあるので網《あみ》に引っかかるとえらいタイムロスになる。

つまりどうすればいいかというと、地味に、慎重《しんちよう》に這って進むだけ。それでも体力の差と、日頃から変な授業ばかり受けて培《つちか》われた適応能力で、すぐに一人抜くことに成功。

もう少しだと逸《はや》る気を抑《おさ》え、秋晴はせっせと匍匐《ほふく》前進してネットの出口付近でまごまごしている一位の選手に迫り——

「……あら？　まあ？」

聞き覚えのあるおっとりとした声に、秋晴は現在一位の女生徒が誰だかを悟《さと》る。そんなまさか、と思いはするけど、あの人のどーにも惹《ひ》き付けられる声を聞き間違える訳もないしと、殆《ほとん》ど横並びになった彼女の姿を改めて確認し、

「のぉっ……!?」

しかと目に入った瞬間《しゅんかん》、そんな納豆《なっとう》プールに強制ダイブさせられた人みたいな声が。

あとちょっとでネットも終わるという位置で、四季鏡《しきかがみ》沙織《さおり》はもぞもぞと動いていた。けど、これ、どこがどう引っかかったのか、体操服は裾《すそ》が半分以上捲《めく》れ上がって胸元のくにゅっと潰《つぶ》れたアレは新雪のような白い地肌《じはだ》を見せてしまっていて、ギリギリで肝心《かんじん》な部分が見えないだけの危険すぎる状態。

じゃあ下はどうなっているのかというと、どーいう訳かブルマがネットに引っかかったらしく、ひらひらな黒いレースの何かが半分以上露わになってしまっていた。

しかもなんとかしようと動いているので、あちらやこちらが現在進行形で目の離せない展開に。……何というか、不純な自分には誘っているようにしか見えないのですが。どこをどうすれば両手がネットに絡《から》めとられて囚《とら》われの身みたいな風になるのでしょーね？

「あらあら、困りました。わたし、どうやら罠《わな》にかかってしまったようです」

「いやそんな罠無かったと思うぞ……？」

「あら？　日野《ひの》さん、もう追いつかれたのですね？」

沙織《さおり》は少し驚いたように顔をこちらへと向けて、その拍子《ひょうし》にまた色々と着衣《ちゃくい》がずれて際どさレベルがさらに上がる。しかもこれ、どう見ても——

「こっ…………さ、沙織さん？」

「はい？　どうかしましたか？」

「い、いや、その…………えーっと……下着、は……？」

「……まあ？」

ずり上がった体操服からのぞいている押し潰《つぶ》された白桃《はくとう》みたいなものから目を離せないまま、秋晴《あきはる》は訊《たず》ねる。……もしかしてさっき進んでいる時に見えた黒っぽいものは、この人の落とし物だったのだろーか。その可能性は濃厚《のうこう》だけど、どうすればブラだけ置いてきぼりくらうような引っかかり方とか出来るのかはとても謎《なぞ》だ。

「ん……どうやら、今日は体が開放感を求めているみたいですね」

「いや開放感とかそーいうんじゃないだろっ!?」

「でも、よくあることなんですよ？」

「いやそれが日常的だとうっかり逮捕《たいほ》されかねないからな!?」

ああもう、駄目《だめ》だ。この人にはいくら突っ込んでも全然足りないよ。求む、語彙《ごい》。あと超絶《ちょうぜつ》な忍耐力。

ネットを抜ければちょっと走るだけでゴールだけど、この土壇場《どたんば》でここから動きたくなくなる罠の登場だよ。しかもこの罠、自立進化を遂げています。

――本音を言うと、もうレースとか体育祭とか全部ポイ捨てて目の前の棚《たな》ぼたを甘受《かんじゅ》しまくりたい。それはもう男の子ですから。成長期なのに一ヶ月間も精進《しょうじん》料理を食わされ続けている時に目の前で分厚《ぶあつ》いステーキを焼かれて、食べやすいようにカットされたものを皿に出されたようなものですよ。

けれど先程《さきほど》抜いた女生徒がすぐ後ろまで近付いて来る気配もあって……秋晴は苦渋《くじゅう》の決断、動きたくないと騒《さわ》ぎ立てる全身を何とか宥《なだ》めて匍匐《ほふく》前進を再開した。

ああもう、ここまで点差が開いていなければあの場に留《とど》まっていたのに……！　というか、もう少しで違う意味で動けなくなりそうだったがな！

秋晴はすぐにネットを抜けてダッシュし、心の中では血の涙《なみだ》を流しながらゴールを決めて――そのまま、コースの脇《わき》に出て逆走した。

次々とネットから抜け出てゴールに向かう女生徒達に怪訝《けげん》そうな目で見られながらネットの所まで戻ると、いそいそと着ていた長ランを脱《ぬ》ぐ。

「ふう、ようやく出ることが出来ました……あら？」

最後にネットから抜けて伏せた状態から体を起こそうとした沙織に、秋晴はリング上のボクサーにタオルを投げ込むような感じで、長ランを投げて被《かぶ》せた。

念のために戻ってみたけど、案の定……じゃない、もっと酷《ひど》かった。抜け出せた代償《だいしょう》なのか、体操服が完璧《かんぺき》に脱げてたし、ブルマのみならずアレまでもずるっと………駄目《だめ》だ、もっと良く見ておかなかったことを物凄《ものすご》く後悔している自分がいる……！

正直すぎる自分を頭の中でタコ殴《なぐ》りにしつつ、秋晴《あきはる》は目に毒すぎる沙織《さおり》から目を逸《そ》らし、

「とりあえず、それ着て前を閉じてゴールしてくれ」

「まあ、ご丁寧《ていねい》にどうも。ご厚意《こうい》、有り難く受けさせて貰《もら》いますね」

袖《そで》を通しほっそりとした指でボタンを留《と》めて、沙織はゆっくりと立ち上がった。そして秋晴へと向けて、深々と一礼。その拍子《ひょうし》にぶかっとした服の隙間《すきま》から白い肌《はだ》が見えちゃったりして、なんかもう逆にお礼を言いたいです。

ゴールへと向かう沙織の姿はまるで長ランしか着ていないようにも見えるし、これはこれでとてつもない眺《なが》めだ。あの上級生は本当に、隙だらけ過ぎて隙がないなー。

秋晴はそっとため息を吐《つ》いて、自分もゴールへと戻る。失格のコールがされなかったことに内心でホッとしながら、最後の組が無事に走り終わるのを見届けると、それからすぐに数発のピストル音がした。

そして、スピーカーから理事長ののんびりボイスが。

『はあーい、障害物《しょうがいぶつ》競走はこれにて終了ですよ～。次は、えーっと、従育科生による綱引《つなひ》きですねー』

放送を合図に、秋晴はさりげなく沙織の横に並ぶ。理由は言うまでもなく、悩殺《のうさつ》長ラン姿を間近から観察すること……じゃなくて、

「あーっと、沙織さん。俺《おれ》の服なんだけど……」

返してくれ、と言おうとして、はたと止まる。そうだ、今脱《ぬ》いだらヤバいままだ。落とし物を回収してからじゃないと、そしてそれを着てからじゃないとまずい。

けど秋晴は次も出番なのでどうしたもんかと考えていると、沙織は腕《うで》を持ち上げて余った袖《そで》を顔に寄せて、何故《なぜ》か薄《うっす》らと頬《ほお》を赤らめた。

「まあ……男の人の匂《にお》いですね。何だか少し、ドキドキします」

「……そ、そうっすか……」

「はい、気に入りました。この服、体育祭が終わるまで借りていていいですか？」

「あー…………じゃあ、はい。どうぞお気に召《め》すままに」

「有り難うございます」

そう言って再び頭を下げられたので、秋晴は首筋を指で掻《か》きながら、『いえいえ、色々と素《す》敵《てき》なものを見せていただいてこちらこそ』とかぬかしている心の中の自分を押さえ込み。

それから名残惜《なごりお》しいのを堪《こら》え、従育科生が集まっているゲートへと急いで回った。

各組に分かれての従育科対抗綱引《つなひ》きは、あっけなく赤組の勝利で幕を閉じた。理由は主に轟《とどろき》が綱引きより見え隠《かく》れする同級生の太腿《ふともも》に注目するくらいの馬鹿だったことと、沙織《さおり》の長ラン姿を見た三家《さんけ》が何かツボだったようで鼻血を出してしまい一時離脱を余儀《よぎ》なくされたから。やー、世の中、何がどう作用するか分からないもんだ。

黒組との決勝戦はしんどいことになるかと思いきや、赤組の誇《ほこ》るドジっ子四季《しき》鏡《かがみ》妹がその不思議なまでのパワーを出してくれたおかげで、難なく勝つことが出来た。

——まあ、そんなこんなで。

残りの種目は、あと一つというところまで来てしまった。

「三十点差、か……頑張《がんば》った方だとは思うけど、ちょっと厳しいか……？」

グラウンド端《はし》に立てられた大きな得点ボードを見て、秋晴《あきはる》は右耳の安全ピンを弄《いじ》りながら呟《つぶや》いた。ちなみに長ランが無いので赤いティーシャツにぶかっとしたズボンというさらに不良めいた格好になったせいか、周りには全く人がいない。そのくせ遠くからは怖々《こわごわ》と見られているんだから、もういっそ慰謝料《いしゃりょう》代わりに見物料でもとってやろうかって感じですよ。

点差はやや開いているけど、それでもこの程度に収まったのは、あのマーダー侍女《じじょ》ことヘデイエが自分のエントリーされた種目は尽《ことごと》く棄権《きけん》してくれたからだ。代わりにアイシェの手となり足となり活躍《かつやく》していたけど、参加種目は少なかったので、かなり助かった。

健闘していると、贔屓目《ひいきめ》無しでそう思う。だからこそなんとか勝ちたい。

秋晴が静かにやる気を出している中、さっきからスピーカーを通して楓《かえで》の声が響き、最終種目の騎馬戦《きばせん》についての説明がされていた。

『……ですからー、馬を組むのは従育科生限定なのですけど、二人以上なら何人で組むかは各自の判断に任されているのですね～。上に乗るのは高等部の上育科生限定なので、各チームはどれだけの騎馬を揃《そろ》えられるかがポイントになるのですよ～！』

事前に配られているプリントに書かれていたことと同じ説明なのに、やけに嬉《うれ》しそうな理事長の解説は続く。

『基本的に勝敗を決めるのは騎手《きしゅ》の鉢巻《はちま》きですねー。取られちゃったり外れちゃったりしたら失格なのですけど、それを防ぐ為に固結びをするのはダメダメです。あと、騎手役の生徒さんが落ちたり、馬から離れてしまったりすると失格になるので注意して下さいね～。もちろん怪《け》我《が》にも注意ですよー。先生が深閑《みかん》ちゃんに物凄《すご》く怒られてしまいますから、本当に注意してくださいね～？』

うん、聞いていて清々《すがすが》しくなるくらいの保身発言だ。そんなに深閑が怖いならやらなきゃいいのに、どこまで精神年齢《ねんれい》が低いんだろうな、あの理事長は。

そんなことを秋晴《あきはる》が思っていた矢先、スピーカーから衝撃《しょうげき》の発言が聞こえてきた。

『ちなみに最後まで残った騎馬《きば》のいるチームには、百点入ります！　他《ほか》のチームには一点も入らないので、これは完全なデッドオアアライブなゲームなのですよー！』

「……いや百点て。最下位の組でも逆転しちまうじゃんか」

今までの苦労をぶち壊《こわ》しにする点数設定に、秋晴はどっと疲れを感じた。最終ゲームで逆転が可能っていうのが相場だと思っているんだろうけど、真面目《まじめ》にやっててそれをくらうとテンションが下がるって分かってないのかあのボンクラ理事長は。

逆転の目が出たのは嬉《うれ》しいけど、これは――

「全く、楓《かえで》さんってば何を考えてるのかしらね。何も考えてないんでしょうけど」

「そうだなー……って、朋美《ともみ》!?　お前、いつからそこにっ?!」

「ん、今さっき。でも気付かないのは修行が足りない証拠《しょうこ》よ、秋晴」

そう言って悪戯《いたずら》っぽく笑う朋美は、勝負の最中《さいちゅう》とは思えないくらい楽しげだった。それに、いつもよりずっと活《い》き活きしているように秋晴には見える。

たぶん、実際楽しいんだろう。勝負事が好きなヤツだし、個人と個人の戦いだけじゃなく団体戦もありな上に組の代表を陰から操ることも出来るし、かなりやりたい放題だ。まあ優等生の皮は被《かぶ》ったままだから派手《はで》には動けないだろうけど、普段押さえ込みまくっているんだからこれでも十分なストレス発散になっているに違いない。

でも……それだけでここまで楽しそうに、しかも目の闘志は開始からまるで衰えていないっていうのは、これがイベントだからとか賭《かけ》があるからとか、そんな理由だけじゃないような気がする。

「お前がそんなにやる気に満ちまくっているのって、やっぱ相手がセルニアだからか？」

「む、その心は？」

「あのドリルに絡《から》む時のお前は生き生きとしてるからな。まー、あいつの性格を考えるとそれも理解出来るけど……それだけって感じでもないが」

「……うーん、全体的には鈍《にぶ》い癖《くせ》に、意外なところで鋭いわね」

うわヤバい、しみじみと貶《けな》された。今の発言、学級裁判どころかリアル裁判に持ち込めるレベルだってことをちゃんと理解してやがりますか、この腹黒は。お前が訴訟されずに済んでいるのは、一握りの優しさのおかげなのですよ？

そんな負け犬根性全開なことを秋晴が考えていると、朋美は唇《くちびる》に人差し指を当てて、

「……まあ、秋晴にならって言ってもいいかな。この間は一方的に過去のダークな話を語らせちゃったし、少しくらいはこっちも晒《さら》してあげないとフェアじゃないものね」

意味は全く分からないけど、妙《みょう》に興味深い発言をしてくれた。

「やっぱり何か理由がある訳か？」

「そうね、とっても個人的な理由だけど。——ほら、フレイムハートさんって、血筋も見た目

も良くて、成績も良いし所作《しょさ》も優雅《ゆうが》で、もうこれぞ貴族のお嬢様《じょうさま》って感じでしょ？　おまけにあの性格よ？　そんなの、出来過ぎじゃない」

「…………？」

朋美《ともみ》の言っている言葉の意味が半分も摑《つか》めず、秋晴《あきはる》は眉《まゆ》を顰《ひそ》めて朋美を見た。や、セルニアが見事なまでにお嬢様ってのは分かるけど、それがどう繋《つな》がるのか分からない。

だから本人の口から解答が紡《つむ》がれるのを黙って待つと……朋美の目が、真剣みを増して色を濃《こ》くした。

「言ったでしょ？　わたし、これでも苦労して努力を重ねて、それである程度の自信を付けてから白麗陵《はくれいりょう》に来たのよ？　そこにいるはずがないと思っていた、どこまでも『それらしい』殆《ほとん》ど完璧《かんぺき》な人がいて——」

「待て、誰の話をしている？」

「中学の頃のフレイムハートさん。確かに、ちょっと抜けている部分はあったけど、それが逆に人間味があって印象も良くて……ね、わたしの気持ちが分かる？」

「えーと………むかつく、か？」

「似てるけど違うわ。……そりゃあ腹は立ったけど、それは負けたくない相手が目の前にいるのに、そんな彼女に憧《あこが》れてしまっている自分に対して、よ」

……話が難しくなってきた。

「——意地があるの。確かにわたしは、たまたま母の再婚《さいこん》相手が大金持ちだったってだけの成り上がり娘《むすめ》だけど、そんなオプションが無くても十分に自分に自信を持てていたのよ？　なのに社交界ではそんなわたしの中身はどうでもいいとされて、そんな周りに腹が立つからどんなお嬢様達よりも完璧《かんぺき》なお嬢様っぷりを身につけようとして——そして、白麗陵で本物と出会ったのよ？　負けられるわけ、ないじゃない」

「……そうは言うけど、それって勝ち負けの問題か？」

「そんな問題じゃないってことくらい、分かってるわよ。でもね、それでも負けたくないの。もう高校生なんだから、前よりも色々と理解したからこそ分かるの。わたしにはわたしの、フレイムハートさんにはフレイムハートさんの生き様があって、だからこそ意識せずには、対抗せずにはいられないのよ。複雑になっちゃった今では余計に、ね？」

そこで何故《なぜ》かウインクされて、秋晴は腕《うで》を組んで小さく唸《うな》る。途中《とちゅう》でちょっと理解出来そうな気がしたのに、最終的にまた分からなくなった。なんだこれは、自分の頭が悪いのか、それとも説明上手《うま》い癖《くせ》に婉曲《えんきょく》な伝え方をしてくる朋美が悪いのか。

どうあれ、やっぱりこいつがセルニアに対して特別な敵対心《てきたいしん》を持っているのはそう間違いじゃないらしい。……や、敵対心っていうのは言葉が悪いか？

これはたぶん、関係性を表す言葉の方がしっくりくる。日本語で言えば好敵手《こうてきしゅ》、英語にすればライバルって感じの——

「ちょっとそこっ、何をしていますの?!」

噂《うわさ》をすればなんとやら、そのライバルさんの声が。

明らかに苛立《いらだ》った様子で、金に輝くドリルが今にも回転し始めそうな勢いだよ。

まあ大事な最終戦を控えている敵方《てきがた》のボスクラスと二人で会話とかしていたら、そりゃあ怒るか。

ズカズカと大股《おおまた》で近付いてくるその姿に鬼気《きき》迫るものを感じ、秋晴《あきはる》はすぐに自分の窮地《きゅうち》を認識、被害が及ぶ前にささっと朋美《ともみ》の側から離脱《りだつ》する。

かくして——というか、なんというか。

大《おお》一番を前にして、セルニアと朋美の睨《にら》み合いが始まった。


口論というかいつものやり取りな前哨戦《ぜんしょうせん》は、予想通り朋美の圧勝で終わった。

……おかげでセルニアと二人きりになった今、秋晴はとても気まずい。朋美と話していた現場を見られている訳だし、こっちに飛び火してくる可能性は特大だ。

こういう時こそ先手必勝、やられる前にやれってことで、

「随分と大口叩《たた》いてたけど、ぶっちゃけ勝算はあんのか？　こっちはまだ騎馬《きば》構成も決まってないんだぞ？」

「私が立ちはだかる敵《てき》を全《すべ》て破り、最後まで生き残ればいいだけの話ですわ！」

……きた。ある意味ただの根性論より性質が悪い、ノープランなのに自信はあるって駄目《だめ》な発言がきましたよ。

なんだろ、腹黒っぷりが酷《ひど》い幼馴染《おさななじ》みの策謀《さくぼう》に付き合わされるのもアレだけど、何も考えてないのに勝利のビジョンだけは見えているってのもかなりキツイなぁ……

とはいえ、秋晴にも良案は無い。参加者は東側にあるわくわくゲートの前に集合することになっていて、そこでアイデアを募《つの》ってみるしかないか。

……問題なのは、開会式直後の作戦会議で立候補してくれたのが、一年生の女子一人だけってことだ。つまりセルニアを含めて、二騎《き》しか作れない。

まあでも、赤組の従育科生は秋晴を含めて六人。馬役を二人で頑張《がんば》るにしても、多くて三騎しか作れないんだから、丁度《ちょうど》良いともいえるか。

——ポジティヴにそう考えながら連れ立って集合場所に行った秋晴だったが、

「……なぬ？　木田《きだ》がダウンした？」

アクシデント報告に目をパチクリさせながら聞き返すと、教えてくれた従育科生の岡《おか》は疲れた顔で頷《うなず》いた。

「あの子、睡眠《すいみん》時間が八時間切ると体調崩《くず》すタイプだから、徹夜《てつや》が続いて厳しかったみたい。頑張ってたんだけど、ついさっき、電池が切れたように……」

「……大丈夫なのか？」

「うん、保健室で爆睡中《ばくすい》。だからあの子は平気なんだけど、騎馬戦《きば》が、ね」

ちらっと岡《おか》が見上げたのはセルニアで、慌《あわ》てて目を逸《そ》らしたのはその表情が強張《こわば》りまくっていたからだ。

これで従育科生は五人。幸か不幸か、騎馬戦は登録制じゃないから誰が出るかの報告は不必要で、あと五分程《ほど》で始まるまでに騎馬を組んでスタート位置につけばいいだけだ。問題は、馬が二人だけの騎馬が出来てしまうということのみ。

セルニアはたぶん、迷っている。自分の騎馬を盤石《ばんじゃく》にするか、もう片方の騎馬に融通《ゆうずう》を利かせてチームプレイを重視するか。

——まあ、でも、そんなの考えるまでもないな。

心中《しんちゅう》でそう呟《つぶや》いてから秋晴《あきはる》は、やや緊張気味にそわそわしている岡に、

「悪い、ちょっと四季鏡《しきかがみ》を呼んできてくれるか？」

「え？　……あ、うん、了解しました」

この場を離れられるチャンスと思ったのか、あっさり引き受けてくれた。賢明《けんめい》な判断というか、長生き出来るタイプだ。

対照的に、何故《なぜ》だか長生き出来なさそうな運勢の続いている秋晴は、セルニアから不審《ふしん》な視線というプレゼントを貰《もら》っていた。

「……貴方《あなた》、どういうつもりですの？」

「分からないか？　そりゃあ勿論《もちろん》……っと、もう来たか」

「あのっ、お呼びになったみたいで……何用でしょう？」

地味な奇跡《きせき》で転ぶことなく到着した四季鏡の質問に、秋晴は一つ頷《うなず》いて、

「俺《おれ》とお前でこいつを乗せて、騎馬を組むことにした。だから、なんっつーか、頑張《がんば》れ」

「え、あ、はいっ！　頑張ります！」

「ちょっと庶民《しょみん》っ、何を勝手に——!?」

気持ちいい了解の返事と動揺しながらの反発が同時に返ってきた。嫌《いや》な二重奏だけど、まあ予想出来た反応なので、秋晴は両手を前に出して落ち着けとアピール。

「下が二人だと不安定で、あっちのお嬢様《じょうさま》には辛《つら》いだろからな。でも、お前なら平気だろ？」

「ッ……当然ですわ。けれど、平気かどうかではなく、」

「勝つ為には、ってか？　俺と四季鏡でフォローはするから、要はお前がどれだけ俺達を上手《うま》く使えるかって話だ」

二人で馬をやるのは厳しいけど、伊達《だて》に鍛《きた》えられてない。それに体格的には赤組の従育科面子《メンツ》で一番がっしりしているのは自分だから、乗る側の安定感でいうならベストのはず。後ろに付く四季鏡はタフでパワーがあるから、得意のドジを発動させなければこれ以上の人材はいない。

つまりこれは、完璧《かんぺき》な布陣《ふじん》だ。……理論値だけなら。

そんなに都合良くいくなんて、実は秋晴《あきはる》も思ってない。もう高校生だ、人生はそこそこ厳しいものだと知っているし、敵《てき》が強力だってことも熟知している。

「――朋美《ともみ》は確実に出てくるぞ。しかも馬の先頭は大地《だいち》だな。これはほぼ間違いないはずだ」

馬役で一番負担がかかるのは先頭だ。そこに従育科きっての身体能力を持つ大地を使わないはずがない。

とはいえ、だ。

「かなり手強《てごわ》いだろうけど、勝ち目が無い訳じゃない。騎馬《きば》の高さはこっちが上で、リーチだってお前の方がある。問題は向こうの機動力にこっちが対応出来るかどうかだ」

「……私の指示次第、と言いたいんですの？」

「そーだな、後はお前が振り落とされないかどうかだ。馬が三人ならいざという時に支えになる腕《うで》があるけど、二人だけだと足場しかない。だから騎手《きしゅ》の腕前次第で勝ち負けが決まる……どうだよ、セルニア。やれるのか？」

尤《もっと》もらしくそう言いながら、秋晴は内心でちょっとドキドキだった。騎馬戦なんて中学の時に一回やったことがあるだけなので、実はそんなに良く分かってないし。

まあ騎馬戦のプロとか部活で騎馬戦やってる奴《やつ》とかはいないし、その場の空気でそれらしいことを言ってしまえば勝ちだ。

だから秋晴のやるべきことは、一つだけで良かった。

それはつまり、騎手となる人間の士気を上げること。

「——貴方《あなた》、誰に物を言ってますの？」

不思議と傲慢《ごうまん》には感じられない声が、秋晴の耳に届いた。

土壇場《どたんば》でアクシデントがあったせいでほんの少しだけ揺らいでいた目が、真《ま》っ直《す》ぐに自分を見据《みす》えている。

思わず背筋に震えがくるくらい、とんでもなく強い意志のこもった目が。

「私を誰だと思ってますの？　セルニア＝伊織《いおり》＝フレイムハートですわよ？　馬の扱いにも人の扱いにも長《た》けた、誇り高き英国貴族の娘《むすめ》ですわよ……！」

「わあ、セルニアさん格好いいです！　格好いいのか格好悪いのかよく分からない文句が、逆に格好いいです！」

「貴女《あなた》、それ絶対貶《けな》してますわよねっ?!」

目をきらきらさせた天然ドジっ子の言葉に突っ込みを入れると、セルニアは燃え盛る瞳《ひとみ》を秋晴へと向けて、

「——行きますわよ。貴方《あなた》が駄馬《だば》でも関係ありませんわ、実力で彩京《さいきょう》さんに、そして他《ほか》の方にも勝ってみせますわ！」

意気揚々《ようよう》と、出陣《しゅつじん》を宣言した。

◇

『さー、いよいよ最終種目ですよー！　泣いても笑ってもこれで最後、問答無用で優勝が決まっちゃいます！』

諸悪の根源が何を言うかって感じのアナウンスをする中、秋晴《あきはる》はざっと敵《てき》達の様子を眺《なが》めていた。

出てきたのは自分達も含めて七騎《き》。青組が一騎だけで他《ほか》は二騎ずつという構成だったが、三人で騎馬を作っているのは秋晴達だけだった。

黒組は予想通り、朋美《ともみ》が騎手《きしゅ》で大地《だいち》が馬をやっている騎馬がある。もう一つは沙織《さおり》の騎馬で、たぶん深く考えずに流されるがままやってるんだろうなー、これは。

青組は三家《さんけ》がいる騎馬だけ。数的不利はあるけど、騎手が鳳《フォウ》だから油断は出来そうにない。

そして白組は、女だけで構成された騎馬と、轟《とどろき》が馬で大吉《だいきち》が騎手という、この中で唯一男が二人混ざっている騎馬があった。

たったの、七騎。すぐに決着がつく数だけど、かといってメンバーを見れば易々《やすやす》と終わる戦いでも無さそうだった。

◆

しかもスタートを目前に控えて実際に騎馬を組んでみたところ、秋晴にはちょっとした問題も出てしまった。

後ろ手で四季鏡《しきかがみ》と手を繋《つな》ぎ、そこを足場として裸足《はだし》のセルニアが乗っている状態だ。人数が少ないから不安定になりがちなので、ふらつかないようにと肩《かた》に両手が置かれ、重心を整えるように膝《ひざ》が背中に宛《あて》がわれている。

……それはまあ、いいとして。問題は、後頭部に当たっている柔らかな物体ですよ。

確認は出来ないけど確認するまでもないというか、下手《へた》に動くと即セクハラ裁判にかけられてしまいそうなこの状況は、幸せすぎてむしろ不幸だ。何この生殺し。おまけに上着が無くて剝《む》き出しになっている腕《うで》には、しっとりとしていて柔らかな太腿《ふともも》の感触《かんしょく》がありやがるし。

おかしいなぁ、騎馬《きば》戦ってもっと雄々《おお》しいものだった気がしたのに。こんなに自制心を試される競技だったっけ？

今日何度目か分からない理性がパンクしてしまいそうな蠱惑《こわく》的な状況に、秋晴は必死に自我を保つべく頭を振って――いや駄目《だめ》だそれやったら色々と終わる、一瞬《いっしゅん》の天国体験の代わりに本当に終わる。

なんか後ろにいる四季鏡も手をキュッと握って「頑張《がんば》りましょうねっ」とか言ってくるし。

ああもうこいつめ、わざとやってるんじゃないだろーか。

優勝を賭《か》けた最後の勝負だってのに煩悩《ぼんのう》サーカスが熱烈公演を始めてしまって、秋晴は目をギラギラと鈍《にぶ》く輝かせ、般若心経《はんにゃしんぎょう》代わりにぶつぶつと呟《つぶや》く。

「……早く始めろさっさと始めろそして一秒でも早く終わらせる……！」

「フン、やる気は十分みたいですわね。結構なことですわ」

「……っ!?」

何やら勘違《かんちが》いしたセルニアが、肩《かた》に置いていた右手で頰《ほお》を撫《な》でるように浅く触《さわ》ってきやがったので、サーカスが空中ブランコを開始する。どうしてこのドリルはいつもいつも、こっちの思惑《おもわく》とは違うところでえろえろしい行動をしてくれやがるのか。もういっそ痴女《ちじょ》認定でもしてやればいいんだろーか。

何も始まっていないのに秋晴《あきはる》の限界が近づき、そろそろ三途《さんず》の川か迎えの天使が見えてもいいんじゃなかろーかなどと思った、そのすぐ後だった。

『ではではっ——最終種目、騎馬《きば》戦の開始ですよ——！』

「やっとかよ……！」

楓《かえで》の宣言と共に聞こえてきたピストル音に、秋晴は六分の速度で駆《か》けだした。直前に手に力を入れたからか、四季鏡《しきかがみ》もちゃんとついてくる。

ただし、頭上からは抗議の声が降ってきた。

「ちょっと庶民《しょみん》っ！　私は何の指示も出してませんわよ?!」

「分かってる！　けど、まずは移動しておかないとヤバイんだよ！」

「なら黒組の方に動きなさいなっ。どうして逆方向に——」

「向かってくる敵《てき》は倒さないと、囲まれたらアウトだ！　だからだよっ」

詳《くわ》しく説明する暇《ひま》なんて無いので、秋晴はそれだけ答えて走りに集中する。

騎馬戦に限らず、バトルロイヤルの基本は多対一で強者から潰《つぶ》していくことだ。そう考えると、まずは朋美《ともみ》から——っていうセルニアのやり方は正しい。

けど、ここは白麗陵《はくれいりょう》だ。自分から攻めてくる気概《きがい》がある女は朋美と、武術をやるから戦いを知っている鳳《フォウ》くらいのはず。後は流れに任《まか》せて、他《ほか》の騎馬が狙《ねら》っている敵を消極的に倒しに掛かるに違いない。

だから、いきなり狙《ねら》われるのはまずい。その流れで包囲されかねない。

そして自分達をいきなり狙ってくるヤツに秋晴は心当たりがあって、実際に怒濤《どとう》の勢いで迫る騎馬がいた。

「追いつめたで、あっきー！　年貢《ねんぐ》の納め時や、覚悟《かくご》せい！」

「来たな馬鹿……！」

馬の先頭で主導権を握っている轟《とどろき》の叫びに、秋晴は迎え撃《う》つ体勢を整えながら応《こた》える。

轟は無茶苦茶だし、大吉《だいきち》は長身でリーチがある上に身体能力が変態の域に達している。簡単に倒せる敵じゃない。だからこそ早めに、他の騎馬とは距離を取っておきたかった。

ちなみに秋晴がこの状況を予測出来た理由は、遠くにいても分かるくらい轟から殺意が発せられていたから。それがどうしてなのかも何となく分かる。

案の定、轟《とどろき》は血の涙《なみだ》を流しかねない勢いで、

「折角《せっかく》の男女混成騎馬《きば》戦やっちゅうのに、なんでオレは男を乗せなあかんねん!? しかもあっきーは乳乗せてるってどういうことやねんな?! そないな幸せタイム、一秒でも早く終わらしたる……！」

「黙れセクハラキングのエロ馬鹿野郎《やろう》！　お前には壮絶《そうぜつ》な板挟《ばさ》みにあっている俺《おれ》の苦しみが分からないんだよっ！」

かなり不毛な言い争いの直後、すれ違うようにして互いの騎馬が接触《せっしょく》する。

秋晴《あきはる》にはダメージが無いけど、乗っているセルニアの体が大きく揺らいだので、慌《あわ》てて体の位置をずらしてバランスを取った。

「大丈夫かっ？」

「心配無用ですわ……とはいえ、流石《さすが》は風祭《かざまつり》さんですわね。もう少しで鉢巻《はちま》きを奪われるところでしたわ」

悔《くや》しそうなその声に秋晴は安堵《あんど》しつつ、方向転換をして轟《とどろき》達の騎馬を見る。

乗っている大吉《だいきち》は両腕《うで》を大きく広げて、しかも轟の肩《かた》に片足を乗せた状態でナルシズム全開のポーズを決めていた。くそう、あの変態ナルシストめ。どうしてあんな体勢のままなのに落ちやがらないのか。

「ふっ……騎士《きし》の戦いというのは美しいものだね。そして美しいものは摘《つ》み取って側に置きた

がるのは、罪深き人の業《ごう》。ならばこの風祭灯一朗《とういちろう》が狙《ねら》われるのも自然の摂理《せつり》か、因業《いんごう》とでも言うべきか……」

「……おい、あんな馬鹿なポエム語り出すようなヤツに負けたら、朋美《ともみ》に負ける三百倍は屈辱《くつじょく》だぞ」

「けれどあの高さだと、避けながらでは相手の鉢巻きに手が届きませんわっ。こちらも肩《かた》に立つしか――」

「んなことしたら二秒で落ちるっての。……くそ、対抗策が……」

効率の良い対処法がちっとも思い浮かばず、舌打《したう》ちしたくなる。このままだとジリ貧だ、大吉の奴《やつ》に直接やられなくても囲まれて潰《つぶ》されるのがオチだ。

「くっ………どうすれば……？」

歯噛《が》みをする秋晴の目に、そろそろと動く騎馬の姿が映った。

大吉の後ろから、赤い鉢巻きを巻いた騎馬がゆっくりと近付いて行っている。これはチャンスだ。気付かれる前に不意を打てば、いくら高い位置に鉢巻きがあるといってもギリギリで手が届く。

となると、こっちの仕事は囮《おとり》だ。上手《うま》い具合に背後から接近する騎馬を悟《さと》られないよう、轟を睨《にら》みつけ警戒する振りをして、

「――なあ、轟。決着の前に、伝えておきたいことがある」

「くく……なんや、もう降参かいな。それともあれかい、ちぃっとでも引き延ばしてたゆんたゆんの乳パラダイスを味わっていたいっちゅうことか？　このエロス！」

よし、上手《うま》く引きつけた。でも乗っているセルニアが物凄《ものすご》くどす黒い熱を発し始めたから、この手は長引かせるとまずい。

……尤《もっと》も、すぐに勝負は決まるけど。

思わず笑んでしまいそうなのを堪《こら》え、秋晴《あきはる》は出来るだけ深刻な顔つきを心掛け、

「俺《おれ》が着ていた長ラン、今は四季鏡《しきかがみ》の姉の、沙織《さおり》さんが着ているのは知ってるな？」

「当然や、あの破壊力はごっついもんがあったわ。それがなんや？」

「もし、この場で俺達を見逃してくれるなら……戻ってきた長ランをお前にやってもいいと、そう思ってる」

「な……なんやとっ……!?」

そこに、背後から忍《しの》び寄っていた赤組の騎馬《きば》が――！

殺《と》った、と秋晴が思った瞬間《しゅんかん》。

「ふっ……甘いのだよ！」

馬鹿が驚いているせいで騎馬が動かず絶体絶命のはずの大吉《だいきち》が、鉢巻《はちま》きへと伸びた手を避けるように、高々と騎馬から跳《と》んだ。

秋晴が唖然《あぜん》として見る中、ムーンサルトを決めるように伸身《しんしん》のまま捻《ひね》りを加えて回転した大

吉は、見事に騎馬へと着地する。

しかもその手に、空振ってしまった赤組騎手《きしゅ》の鉢巻きを掬《すく》い取るように奪い取って。

………いやそんな無茶な。戦隊モノのヒーローでもあんなこと出来るかどうか微妙《びみょう》だってのに、それをリアルにスタント無しで決めやがるか、普通。

どこまでも予想を上回る大吉の変態パワーに秋晴は戦慄《せんりつ》し、息を呑《の》む。

これは少し、ヤバいかもしれない。セルニアは騎手《きしゅ》として有能な方だと信じたいけど、あの変態はこっちの常識を簡単に覆《くつがえ》しやがる。それに轟《とどろき》の馬鹿っぷりがプラスして常識を歪《ゆが》ませてるし。

ひょっとしたら朋美《ともみ》よりもずっと厄介《やっかい》で強大な敵《てき》に目を付けられているのではないかという思いが過《よ》ぎり、秋晴は冷や汗を――

『あのー、風祭《かざまつり》さん、思いっきり騎馬から離れちゃいましたよねー？　それやっちゃうと失格ですよ、失格ー。その騎馬、アウトです～』

…………冷や汗が凍《こお》り付くような、寒々しい空気が流れた。

そんな中で、大吉はどこからか取り出した薔薇《ばら》の花を口元に近づけ、

「ふっ……真の芸術とはいつの世でも認められないものだね。だがしかし、弾圧されようと

人々の記憶《きおく》には残り、いつか理解される日がくるものでもあるのだよ……」

うっとりと、寂しげな口調でそんな戯言《ざれごと》を。

『えーと、風祭《かざまつり》さんの騎馬《きば》が失格になった後に鉢巻《はちま》きを取られた赤組さんの騎馬ですけど、そちらも失格ですねー。形としては、相打ちということで』

マイペースな楓《かえで》の報告に一層白けた空気が流れ、秋晴《あきはる》は立ち往生《おうじょう》したままテンションの行き場を無くしてしまい、

「——油断大敵《たいてき》ですよ？」

「なっ……!?」

突然、背後から艶《なま》めかしい声が聞こえてきた。

背筋を粟立《あわだ》たせながら秋晴は急転換して、

「ちょっ、日野《ひの》秋晴?!」

「ひゃううっ!?」

——その声に、自分の失敗を悟《さと》る。

あまりに急に動いたせいで、セルニアと四季鏡《しきかがみ》がこっちの行動に追いつけずにいた。

なんとか騎馬《きば》を崩《くず》さずには済んだけど、セルニアは前のめりになって秋晴の頭にしがみつくような体勢だし、四季鏡と足が絡《から》みそうなくらい密着してしまっている。

普段なら嬉《うれ》しい状況なのかもしれないが、今ばかりはそうも言っていられない。

何故《なぜ》なら、歯を食い縛《しば》ってこれ以上体勢を崩すまいとする秋晴の視界には、

「ぐっ……沙織《さおり》さん……！」

「お、お姉ちゃんですかっ!?」

貸しっ放しの学ランを着た沙織は余裕《よゆう》の微笑で応《こた》え、

「大切な妹と恩義のある殿方《とのがた》をこの手で仕留めるというのは少し気が引けますが……勝負とは非情なものなんですよ」

ゆっくりと近付いてくる騎馬に、秋晴はどうすることも出来ない。今下手《へた》に動くと、セルニアが落ちてしまう。

くそ、まさかのまさかだ。大吉《だいきち》・轟《とどろき》コンビよりも予想外の伏兵がいるなんて、ちっとも予想していなかった。

完璧《かんぺき》にノーマークだった沙織に手玉に取られ、目と鼻の先まで来られても動けない。

それが良く分かっているようで、沙織はセルニアへと手を伸ばしながら、反対の手で乱れた髪《かみ》を正すようにそっとかき上げ、

――その拍子《ひょうし》に、ポロッと巻いていた鉢巻《はちま》きが落ちた。

「………………」

「…………………………あら？」

『はいはーい、黒組のリーダー騎《き》は鉢巻《はちま》きを失ってしまったので失格ですよー。なんですかもう、この自爆《じばく》率の多さはー。皆さんもっと気合いを入れましょうね～？』

ひらひらと地面に落ちるそれを全員が見届けたタイミングで、スピーカーからダメ押しするような理事長の声が。

……なんかもう、気まずい。ピンチから脱することが出来たっていうのに、ちっとも喜べないし。

騎馬《きば》に運ばれて退場していく沙織《さおり》が笑顔のままっていうのが、余計に居たたまれなくなるよ。

「……お、お姉ちゃん……」

肉親のあんなうっかりを見てしまったのが辛《つら》いのか、後ろにいる四季鏡《しきかがみ》はやや涙《なみだ》ぐんだ感じの声で呟《つぶや》いていた。

「……私達の為に、わざと、あんな……！」

「いやそれは無い、絶対無いから」

「お姉ちゃんの分まで、わたし、頑張《がんば》りますからっ……！」

いやそんな自分の代わりに殉職《じゅんしょく》した刑事の墓前で誓《ちか》うみたいなノリで固い決意をされても。あれ間違いなくいつもの有り得ないレベルのうっかりだぞ？　服じゃなくて鉢巻きが脱《ぬ》げたってだけの話で。

「――何をぼさっとしてますのっ?!」

頭上から落ちてきた凛《りん》とした声に、ハッとした。

そうだ、今は勝負の真《ま》っ最中《さいちゅう》だ。ドジ姉妹に気を取られている場合じゃない。

秋晴《あきはる》が馬鹿なことを考えている間に体勢を立て直したようで、セルニアの手はしっかりと肩《かた》に乗っていて、強い力が込められていた。

背負うようにして乗せているから、セルニアの顔を見ることは出来ない。

けど、どんな表情なのかは想像出来る。

単純なこいつらしい、真っ正面の敵《てき》を倒すことのみを頭に入れた迷いのない瞳《ひとみ》をして、戦いの女神《めがみ》だって霞んでしまうような凛々《りり》しい表情をしているに違いない。こんな間抜けな事態が立て続けに起こっているのに、だ。

確信を持ってそう思い、秋晴は思わず笑みを溢《こぼ》した。

「ったく……頼りになるご主人様で嬉《うれ》しい限りだな」

「はい？　何か言いまして？」

「いいや。――そんじゃ、行くか」

「はいっ、頑張りましょう！」

「ええっ、行きますわよ！」

確かめ合うように言葉を交わした後、秋晴《あきはる》は戦場へと向けて駆《か》けだした。

◇

◆

二人で組んだ騎馬《きば》には座ることが出来ず、膝《ひざ》で体を安定させる場面も多いこともあって、恐ろしい速度で足に疲労が溜《た》まっていく。

それでもセルニアは泣き言を言わず、向かってくる敵《てき》と挑《いど》んでいく敵に集中する。

これまでに三騎《き》が消えて、残るは四騎。騎馬《きば》の数がほぼ半数になって、敵を倒すのはかなり困難な作業になっていた。

一対一が二組、という状況にならない。セルニアが一騎に勝負を挑《いど》めば、必ずと言っていい程邪魔《ほどじゃま》が入る。それは大抵黒い鉢巻《はちま》きを額《ひたい》に巻いた彩京朋美《さいきょうともみ》で、薄《うす》く微笑《ほほえ》むその顔を見てカッとなってしまい、あわや横手から鉢巻きを奪われるという場面が何度もあった。

「――少し退《ひ》けっ、鳳《フオウ》の相手をしている時に他《ほか》の奴《やつ》がきたら洒落《しゃれ》にならないって十分に理解しただろ！」

「分かってますわよ！　だから先に鳳さんを――」

「朋美に読まれてる！　まずは白組の………いや、もしかすると……」

「どうしましたの!?」

足は止めていないものの、秋晴の動きは鈍《にぶ》って、乗っているセルニアもバランスを崩《くず》しそうになる。

不注意なら叱《しか》りつけてやるところだが、何やら考えているような雰囲気《ふんいき》があるので躊躇《ためら》いが生まれてしまう。自分もそうだけれど、この男も本気だ。この期《ご》に及んで疲れたなどと言い出すはずはない。

寄ってくる騎馬を警戒するだけの長い長い数秒が過ぎて、

「……そうか、そういう算段か」

「何がですのっ？」

「お前の言う通り鳳《フォウ》を叩《たた》く！　ちょっと派手《はで》に動くけど、振り落とされるなよ！」

説明はせず、勝手なことを言って速度を速めた秋晴に、セルニアは何も言わずに深呼吸をして集中を高める。

騎馬の仕事は走ること、騎手《きしゅ》の仕事は奪うことだ。なら、自分は自分のやるべきことを最大限するだけでいい。秋晴と早苗《さなえ》、勝利が手に届くところまで自分を運んでくれる二人を信じてさえいれば、余計な思考はいらない。

白組の騎馬と相対していた鳳はこちらの接近に気付き、落ち着いた目を向けて来た。友人だから知っている。彼女は争いを好まないが、戦いになれば一切の躊躇《ちゅうちょ》を捨てて的確な行動を取れる人物だ。

そうと知っているから、セルニアも友人だからという甘えは捨てて、額《ひたい》に巻かれた青い鉢巻《はちま》きを奪う為だけに接近する。

あと少しで互いの手が届く、という距離まで来た時——急に秋晴《あきはる》の足が止まった。

「ちぃっ⁉」

体が前に引っ張られるような感覚に、セルニアは片手で秋晴の頭を抱《かか》えるようにして倒れ込むのを防ぐ。

しかもそれで終わらず、横への移動。後ろで早苗《さなえ》が「ふわわっ……⁉」と慌《あわ》てた声をあげるのを聞きながら、セルニアは意味不明なこの行動に眉《まゆ》を顰《ひそ》めながら体勢を立て直し——

次の瞬間《しゅんかん》、どういうことか鳳《フオウ》が慌《あわ》てて誰もいない背後を振り返った。

この絶好の機会に、セルニアは殆《ほとん》ど無意識の内に手を伸ばす。そして無防備な鳳の後頭部から青の鉢巻きを奪い取ることに成功した。

グラウンドのあちこちから歓声が湧《わ》く。セルニアがそれに応《こた》えるような余裕《よゆう》は無いし、そもそもどうして……

「どうして鳳さんは、あんな……」

「さっきまで自分が襲う立場だったから、騙《だま》されてくれたんだよ。こっちの無駄《むだ》な動きが、あいつには他《ほか》の騎馬《きば》が迫っているように見えたはずだ」

「他の……ッ、そうですわ！　黒組の騎馬がっ——」

そこで、再び歓声。

慌てて振り向くと、白組の騎馬も背後を突かれ、朋美《ともみ》に鉢巻きを奪われていた。

唖然《あぜん》とするセルニアの耳に、下からの固い声が届く。

「朋美のことだ、初めからこっちの動きに合わせて白組を叩《たた》くつもりだったんだろうよ。鳳も俺等《おれら》も、見事に手玉に取られたってわけだ」

「ッ……そういうことですの」

「ふて腐《くさ》れるなよ。これで一騎打《いっきう》ちになったことに変わりはないんだ」

悔《くや》しさを声に表して呟《つぶや》くと、秋晴がフォローの言葉をかけてくる。普段は生意気なだけの庶《しょ》民《みん》の癖《くせ》に、気配りは細かい。

まったく、普段からそうしていればいいのですのに——と思いが過《よ》ぎるけれど、視界の中で朋美がこちらへ向き直るのが見えて、すぐに頭の中から消えた。

目と目があって、視線が交差する。

朋美の口元は微笑《ほほえ》んだまま。けれど瞳《ひとみ》には明瞭《めいりょう》な戦意が浮かんでいる。

それを見ていると——思い出す。白麗陵《はくれいりょう》に来たばかりの彼女を。

成り上がりと周囲から囁《ささや》かれながらも怒ることなく、かといってびくびくと縮こまるわけでもなく。

毅然《きぜん》とした態度で、余裕《よゆう》のある笑みを見せて、どんなこともあっさりとこなしてしまう彼女の姿を。

だから——改めて、セルニアは思った。

絶対に、彼女には負けられない。

「……了解《りょうかい》！　行きますわよっ！」

威勢《いせい》の良い声と共に走り出し、朋美《ともみ》の騎馬《きば》へと接近する。ほぼ同時に向こうも動き出し、左から回り込むようにして襲《おそ》って来た。

「ちぃっ……！」

「わっ……ぐるぐる、ですっ……」

下にいる二人が方向転換に追われる切羽詰《せっぱつ》まった声がするけれど、セルニアには何も出来ない。人数の少ないこちらの方が機動力は上のはずなのに、明らかに相手の方が早くて、対応するだけでやっとだった。

先頭にいる大地薫《だいちかおる》の能力がずば抜けているから、というのは勿論《もちろん》あるはず。

けれどそれだけでなく、指示をしている朋美の力でもあるはずだ。

だからセルニアは余計に負けられないと、奥歯を噛《か》んだ。

貴族として、上に立つ人間として生まれ育った自分が。

あらゆる努力を義務と受け入れ、自己を研磨《けんま》してきたのに。

なのに、あんな、生まれも育ちも普通の家の同級生を、
とても凄《すご》いと尊敬してしまうだなんて、許せない――！

分かっている。あの澄《す》ました表情も、何事も簡単にこなしてしまうのも、決して周りには見せない努力の賜物《たまもの》だと理解している。

何故《なぜ》ならそれは、セルニアがずっと続けてきたことだから。

――だからこそ、自分は彩京《さいきょう》朋美に負けてはいけない。

どれだけ凄いと思っていても、敵《かな》わないかもしれないという懸念《けねん》がちらついても、憧憬《どうけい》という感情だけは抱《いだ》いてはいけないのだ。

何故なら自分はフレイムハート家という、貴族らしい貴族として生まれ育てられた娘《むすめ》だ。優れていると絶えず証明していかなければ民衆はついてこないと教えられ、実践してきたこれまでの自分がいる。

だから、彼女にも勝つ。

そして彼女からも認められて、ようやく一人前の貴族と胸が張れる。それまではフレイムハート家の息女《そくじょ》としての、張りぼての威光《いこう》でしかない。

それに――彼女の幼馴染《おさななじ》みという特別な関係にいて、今は自分の下で必死に頑張《がんば》っている、

粗野《そや》な庶民《しょみん》。

これはとても良い機会だ。今までにない、最高のシチュエーションだ。

勝利することで二人から認められる、またとないチャンス――！

「くっ……負けませんわよっ！」

バランスを崩《くず》して両手が使えないのを見計らって伸びてきた朋美《ともみ》の腕《うで》を寸ででかわし、セルニアは反撃《はんげき》を試みる。

……が、なんとか片手を離せるように体勢を戻した時には、既《すで》に相手の騎馬《きば》は横へ移動していて、攻撃《こうげき》に移れない。

さっきからずっと、この繰り返しだ。一対一になるまで騎馬の体力を温存した為か、向こうの動きはちっとも翳《かげ》りを見せない。

このままだと……そう遠くない内に、避け続けるにも限界が来る。

「秋晴《あきはる》っ、何とかなりませんの!?」

「つっ……無茶言うな、こっちはバランス悪いから動きに限界が、」

「私に構わず何とかなさい！　自分の面倒くらい、自分で見れますわ！」

本音を言えば、これ以上派手《はで》に動かれると体がついていかない可能性が高い。今だってかなりギリギリのラインにいるのだ。

けれどそうしなければ勝てないというのなら、挑戦《ちょうせん》する。それがセルニアの、フレイムハート家の人間としての生き様だ。

視界の中では、また朋美の乗る騎馬が死角へ死角へと回り込んでいく。

こちらを翻弄《ほんろう》するような動きに奥歯を噛《か》み、それでも必死についていこうと、

「――落ちるなよっ！」

「え……きゃあっ?!」

注意を促《うなが》された次の瞬間《しゅんかん》、セルニアの体は放り投げられたのかと思うくらいの勢いでぐるりと移動し、すぐ目の前に驚きを露わにした朋美の顔が現れる。

本当に乗っている人間のことなんて考えていない行動だったが、おかげでチャンスが手の届くところまできた。

慌《あわ》ててこちらへと手を伸ばそうとする朋美の手を避ける為に体を右に倒し、セルニアはカウンター気味に黒い鉢巻《はちま》きを狙《ねら》って左手を伸ばし――そして大きく視界がぐらついた。

「ッ、足が……!?」

度重なる無理が祟《たた》ったのか、足場にしていた二人の手を見事に踏み外していた。何とか落ちずに済んだのは右手で引っかけるように秋晴の肩《かた》を掴《つか》んでいたからで、今のはかなり危なかった。

だが、危機はまだ続いている。完璧《かんぺき》にバランスを崩《くず》したセルニアの姿に勝機を見出したのか、朋美は目を爛々《らんらん》と輝かせて、再度鉢巻きを狙ってきた。

避け――――られない。

落ちないことだけで精一杯の今、自分へと向かって伸びる手から逃げる方法は何もない。振り払《はら》おうとするだけでもまず間違いなく落下する。

絶体絶命の状況で、身動きは取れない。

それでもセルニアは勝つ為に、何か算段はないかと必死で探し、

――その瞬間《しゅんかん》がやってきた。

「あ、やっ、ひゃうう～!?」

「おあっ?!」

「ッ――!?」

この状況に全くそぐわない早苗《さなえ》の声と共に、体当たりをされたような衝撃《しょうげき》。背中でぎゅにゅっと何かが潰《つぶ》れる感触《かんしょく》に、セルニアは理解する。この土壇場《どたんば》で、今まで奇跡《きせき》的に頑張《がんば》れていた早苗が転んでしまい、倒れそうになったのだと。

結果、セルニアだけでなく秋晴《あきはる》も押されて倒れかける。

踏ん張れなかったのか、それとも他《ほか》に手段がないと判断したのか、日野《ひの》秋晴は黒組の騎馬《きば》に頭から突っ込む形となって、先頭にいた大地《だいち》薫《かおる》に額《ひたい》と額をぶつけるようにして流れる体を止めた。

それによって相手の騎馬もぐらつき、朋美《ともみ》もバランスを崩《くず》して身を低くしたのを見て、セル

ニアは最後の勝負に出た。

もう、ここしかなかった。

一瞬《いっしゅん》で決意すると、秋晴の背中から無理矢理体を押し上げるようにして、前のめりに倒れ込むようにしながら朋美《ともみ》の鉢巻《はちま》きへと右手を伸ばし——

確かに、摑《つか》んだ。

「キャッ……!?」

けれどそのまま、騎馬から転げ落ちる。無理な体勢から無茶なことをしたのだから当然の結果だけれど、地面にぶつかる硬い感触《かんしょく》は無く、

「あっぶねぇ……どこまで捨て身なんだ、お前は」

呆《あき》れたような声と、クッション代わりに抱《だ》き止めてくれた秋晴の感触に、セルニアは笑みを溢《こぼ》す。

そんなことを考える余裕《よゆう》は全くなかったけれど……何となく、落ちても助けてくれるような気がしていた。

「感謝しますわ。けれど、その前に」

そっと自分を抱《かか》える腕《うで》を退《しりぞ》けて立ち上がったセルニアは、右手を高々と掲げた。

そこにある黒い鉢巻きを自分でも確認し、それから朋美へと視線を移す。

悔《くや》しそうで、なのに晴れやかで満足げな表情という複雑な彼女に微笑《ほほえ》みを向けると、スピー

カーを通して理事長の声が響く。

『これはこれは、大逆転なのです～！　落馬寸前に鉢巻きを奪ったということで、勝利したのは赤組です！　優勝は赤組に決まりましたよ～！』

興奮した声に煽《あお》られたように、大きな歓声と拍手《はくしゅ》が巻き起こった。

疲れた体に心地よく染みる音に身を任せていると、秋晴も立ち上がってズボンについた砂埃《すなぼこり》を払《はら》い落としながら、

「……しかしお前、どこまで無茶するんだよ。下手《へた》したら頭から落ちてたぞ」

「あら、貴方《あなた》は自分の言葉に責任はありませんの？　フォローはすると、そう言ったはずですわよ？」

「いやまあ言ったけど。……ま、流石《さすが》はドリルってところか。無理矢理に勝機へ捻《ねじ》り込んだって感じだったもんな」

口端《くちは》を上げて笑う秋晴の言葉に、セルニアは眉《まゆ》を顰《ひそ》めた。

不思議と、もう不快感は無い。けれどそれとこれとは別で、この機会にこの男に言っておかないといけないことがある。

両手を腰《こし》に当て、細めた目でじっと睨《にら》むようにしてから、

「……貴方《あなた》、何度も何度も言ってますけど、人のことを掘削機《くっさくき》扱いするのは止《や》めて貰《もら》えませんこと？」

「お？　……あー、悪い。つい癖《くせ》っつーか、お前の生き様そのものな感じだったから。勘弁《かんべん》してくれ」

「いいえ、許しませんわ。今度からちゃんと、私のことはセルニアと名前で呼びなさい。これは命令ですわよ」

「……え？　いや、でも、」

「──代わりといってはなんですけど、私も貴方《あなた》のことをちゃんと名前で、秋晴《あきはる》と呼んで差し上げますわ。今日一日、頑張《がんば》ったご褒美《ほうび》として」

そう言って、セルニアはとびきりの微笑を浮かべる。

ここまできたのだから、認めなくてはいけない。

恐らく、きっと、この庶民《しよみん》は──日野《ひの》秋晴は、何か特別な存在なのだ。彩京《さいきよう》朋美《ともみ》とは違う種類の、特別な存在。

何がどう特別なのか、いまいち自分でも理解は出来ないけれど……認めよう。認めるのを恐れて前に進めないのは、フレイムハート家の人間らしくない。

あからさまにこちらから視線を逸《そ》らして、「あー……」とか「おー……」とか意味の分からない言葉を漏《も》らす秋晴を見ながら、セルニアは自分の胸に手を当てる。

しばらく前からずっと、何かもやもやとしたものがまとわりつくような不快な感覚に悩まされていたけれど──ようやく、スッキリした。

◆　◇

閉会式も無事終わり、深閑《みかん》から優しさに溢《あふ》れる「解体作業等は明日《あした》に行います。本日はお疲れ様でした」という言葉で従育科の集まりは解散となった。

事故とはいえ頭突きをしてしまった大地《だいち》への謝罪をし、轟《とどろき》達と祝いの席を設ける約束もした後、秋晴は上育科寮のすぐ近くにある花園へと向かった。

そこには既《すで》にシャワーを浴びて着替えた朋美とセルニアがいて、何となく気まずい。さっきまで戦っていたからとかいうのじゃなくて、どさくさに紛《まぎ》れてやたら青春っぽいことをセルニアとしてしまったように今更ながら思えて、何もかもが恥ずかしい。あー、そうか、これが若気の至りってヤツか。

けど、発端《ほったん》となったことだし、ちゃんと蹴《け》りはつけておかないと落ち着かない。

わざとらしく一つ咳《せき》をした後、秋晴はここへ来る前に従育科寮に寄って取ってきた封筒から、一枚のチケットを取り出した。

「とりあえず賭《か》けの結果だ、このチケットはセルニアに渡すってことで問題ないな?」

念の為に朋美へ確認を取ると、ほんのりと微笑《ほほえ》んで、

「ええ、そういう約束でしたから。いい勝負でしたし、何ら不満はありませんよ」

「だよなー。それじゃ、これはお前の物だ」

そう言ってチケットを渡すと、セルニアは一瞥《いちべつ》しただけですぐに視線を上げる。……なんかこう、ようやく手に入れたー、みたいな感慨《かんがい》はないのか。この反応、やっぱ朋美《ともみ》との勝負がメインだったっぽいな。

「……それで、秋晴《あきはる》。貴方《あなた》達はいつ行くと言ってましたの？　この際ですわ、私も同行することに決めましたわ」

「あ、それなんだけどな。——ほら、朋美」

セルニアからの質問に応《こた》える前に、秋晴《あきはる》は持っていた封筒を朋美へと差し出す。

小首を傾《かし》げるリアクションの後、朋美は封筒の中に指を入れ、中の物を取り出し——珍しいことに、驚きの表情を見せてくれた。

朋美だけじゃなく、出てきた物を見たセルニアも目をパチパチと瞬《しばた》かせている。うん、これだけ反応してくれるとやった甲斐《かい》もあるって感じだ。

秋晴は満足して口元を綻《ほころ》ばせ、自分も『それ』を見る。

封筒から出てきた、『トライアクアランド』のプラチナチケットを。

「秋晴……くん？　これは、あの、どうしたことですか？」

「受け取れよ、敢闘賞《かんとうしょう》ってヤツだ」

「いえそうではなくて……なんでまだチケットが……？」

疑問に満ちた問い掛けが、また満足感を煽《あお》ってくれる。普段の朋美ならとっくに気付きそうなものだけど、動揺しているらしい。

そうでなくちゃ、こっちとしてもプレゼントする甲斐がないってもんだ。

「それはあれだ、俺《おれ》の分のチケット」

「…………………………………はぃ？」

「…………………………どういうこと、ですの……？」

「や、あれだけいい勝負されると、こっちとしても感動したというかどっちも勝者みたいな気がしたというか。だから俺のチケットを朋美にやって……これで、その…………全《すべ》てが丸く収まる……というか……？」

良い気分で説明していた秋晴は、途中《とちゅう》からまとわりつく空気に気付き、どんどん不安を煽《あお》られていた。

……あっれ？　凄《すご》いナイス采配《さいはい》をしたはずだったのに、二人の視線がとても痛いのは何ですか？　しかも深閑《みかん》並の冷気が籠《こ》もってるって、どういうこと……？

セルニアが気分を害したというならまだしも、朋美まで。あの、人として底辺のクラスと判じた相手を見るような目の理由は何ですか？

思惑《おもわく》とは全く違うこの展開に、秋晴《あきはる》はフェレットみたいな挙動《きょどう》で朋美《ともみ》とセルニアを見るけど、どちらも態度は変わらない。

「――全く、秋晴くんには失望です。ここまで空気の読めない人だっただなんて、流石《さすが》に思ってませんでした」

「――ええ、本当ですわ。ここまで最悪な男を見るのは、生まれて初めてですわよ」

…………何故《なぜ》だか、凄《すご》いお怒りのご様子で……

しかもセルニアは深々とため息なんか吐《つ》いて、

「本当に、馬鹿馬鹿しいですわ。もういっそ、賭《か》けは無効でいいですわよ」

「……え、え？　どういうことだ？」

「だから、このチケットは彩京《さいきょう》さんに差し上げますわ。確か熱海《あたみ》の家に贈られてきたチケットがあったはずですから、私はそれを使うことにしますわよ」

「……ええ、それでは遠慮《えんりょ》無く受け取ることにします。本当はかなり行く気が削《そ》がれてしまったのですけど、ここまでやって行かないというのも馬鹿らしいですし」

「……全くですわ」

二人の醒《さ》めまくりの視線が、再度秋晴を襲う。

しかしこちらもちょっと待てと言いたい。なんか話が違う、おかしすぎる。

「セルニアお前、チケット持ってるんなら始めから勝負する意味なかったじゃんか」

素朴《そぼく》で真っ直《まっす》ぐ、誰でも浮かぶはずの疑問をぶつけると——何故かセルニアから、一層醒めた視線が。

おまけに朋美からも『こいつ呆《あき》れ過ぎて何も言えねぇよ』と言わんばかりの目を向けられて、しかも二人同時にため息を。

「え……？　や、なんで？　なんで俺《おれ》が悪いみたいな風に？　……説明、説明しろって！　どうしてお前等、待てっ、帰るな！　帰る前に説明っ⁉」

「…………全く……」

「…………これだから……」

付き合ってられるか的な呟《つぶや》きを残してくてくと寮へ戻って行く二人の背中に訴えかけるも、もう一瞥《いちべつ》すら返ってこない。

完璧《かんぺき》すぎる置いてきぼりを食らってしまった秋晴は、呆然《ぼうぜん》と佇《たたず》んで……誰とはなしに、呟《つぶや》いた。

「…………え？　マジで、俺が悪いのか……？」

本気で全く分からないこの状況に、納得のいく説明をしてくれる人はなく。

帰って大地《だいち》に相談しようと、秋晴は力ない足取りで寮へと戻った。

第十五話

以前から皆で遊びに行こうと予定していた日曜日。肝心《かんじん》の天気は、秋の気配はあんまりなくて日射しが強くやや暑い、雲一つ無い快晴だった。

正しく絶好の行楽日和《びより》といえる陽気の下——だっていうのに、日野秋晴《ひのあきはる》は浮かない顔で『トライアクアランド』と大きく描かれた看板《かんばん》を見上げていた。

突然のどしゃ降りに一張羅《いっちょうら》を台無しにされた上に待ち合わせしていたデート相手が他《ほか》の男と仲良く歩いているのをバッチリ目撃《もくげき》した翌日くらいの陰気っぷりで、わざわざ午前中から大型アミューズメントパークに遊びに来た人間がする表情として不適当だっていうのは、秋晴だって分かっている。

寮を出る時はもっと晴れやかな顔だったはずだ。黒いシャツにカジュアルなパンツと動きやすく遊ぶ気満々な格好でもまるで違和感が無かったはずだし。

なのにどうしてこんなダウナー雰囲気《ふんいき》を纏《まと》っているのかというと、原因は主に入場ゲート前でやり合っている二人。

一人は珍しくちょっとフェミニンな服装でまとめた、黄色いフレアスカートの彩京朋美《さいきょうともみ》。

そしてもう一人は、白いノースリーブのブラウスに短めのプリーツスカートという相変わらず露出の多いセルニア＝伊織《いおり》＝フレイムハート。

「——それはつまり、フレイムハートさんは『トライアクアランド』の良さを理解していないということですよね？」

「違いますわよっ！　フレイムハート家の息女《そくじょ》たるこの私が、たかがアミューズメントパークの過ごし方の一つも嗜《たしな》んでいないはずありませんわっ」

　あからさまに攻撃《こうげき》的な目つきのドリルと、微笑《ほほえ》んではいるけど目の奥は笑っていない腹黒幼馴染《おさななじ》みの、遊びに来たとは思えないこの険悪な雰囲気。そりゃあ一緒に来ているこっちも滅入るって話ですよ。

　引いているのは秋晴だけじゃなくて、他《ほか》の連れもだ。三家《さんけ》はあわあわしているし、大地《だいち》は我《われ》関《かん》せずの体で距離を取っているし、轟《とどろき》は肩《かた》を落としているし。……ただし轟がヘコんでいるのは、ゲートに向かおうとしていた通りすがりの女の子二人組に声を掛けて、即《そく》逃げられたからだけど。

　ともあれ、ランドのキャストやら警備員やらの視線を集めまくりながら、二人の令嬢《れいじょう》はバチバチと視線をぶつけて周りの様子が目に入っていない模様。

　あわや入場前に今日は解散か——という光景だけど、これでもう今日何度目だろうな？

　しかも揉《も》めている原因っていうのが……。

「本当の楽しみ方を知っているのなら、水族館エリアで過ごすものですよ？　それに反対している以上、フレイムハートさんの言葉に疑問を抱《いだ》かずにはいられません」

「フン、物知らずなのは彩京さんの方でしてよ。ここの遊園地エリアの素晴《すば》らしさは、先日ウイーンで開かれたダンスパーティーでも有名でしたわ。白麗陵《はくれいりょう》の生徒として、上流階級に生きる人間としての自覚があるのなら遊園地エリアで過ごすべきですわ!」

——ということで、要するに『遊園地と水族館のどっちで遊ぶか』で揉《も》めている、というのが正解でした。

うん、くだらないというかなんというか。でも迫力ありすぎて、二人の言い合いになかなか入っていけないというのが現状だったりもする。

ゲートの向こうからは親子や友人同士の微笑《ほほえ》ましい声が漏《も》れ聞こえてくるっていうのに、なんだろうこのやりきれなさは。無力な自分が情けなくなるよなぁ。

……と、秋晴《あきはる》が傍観《ぼうかん》していられたのは、そこまでだった。

「では——」

「なら——」

口論真《ま》っ最中《さいちゅう》だったはずの二人が、計ったようにほぼ同時のタイミングで自分を見たことで、第三者でいられた時間はあっさりと終了。

「秋晴くんはどう思います? やはりここは、水族館エリアですよね?」

「貴方《あなた》はどう思いますのよ!? 当然、遊園地エリアの方がいいですわよね?!」

そんな二択《たく》を迫られても、秋晴は頬《ほお》を引きつらせるしかない。……というか、なんでお前等《ら》あんなに不仲っぷり全開だったのにシンクロして訊《き》いてきますか。しかも弱い立場の男に。

どっちを選んでも自分の身に不幸が訪れる予感しかなくて、どちらのエリアが好きかと訊かれていたとしても困るくらい両方いいと思っているので、判断基準なんて無いに等しい感じだよ。

二人の視線によるプレッシャーは強くなる一方で、それに耐えきれなくなる形で秋晴は口を開き、

「…………えーと、その、あれだ。どっちもいいけど、折角《せっかく》晴れたんだから遊園地の方にしないか？　あー……ほら、雨だとそっちは無理だろ？　水族館の方はまた今度っつーことにするとして、だな」

……おお？　追い込まれて『ええい、ままよ！』って感じで言ってみたけど、これってパーフェクトに近い回答なんじゃないか？　ちゃんと理屈として正しいし、選ばなかった方も一応は立てる形になってるし。

——だっていうのに、二人の表情を見ているとちっとも喜べない。セルニアは勝ち誇ったような余裕《よゆう》の笑みに、朋美《ともみ》はややむくれて恨《うら》みの籠《こ》もった目になっていて、ぎすぎすした空気はむしろ悪化してるっぽかった。

「物を知らない庶民《しよみん》にしては上出来な意見ですわ！　いいえ、無知な者でもそうと分かることだったという方が重要かも知れませんわね！」

「まあ、フレイムハートさんは随分《ずいぶん》と好意的な解釈をなさるんですね。秋晴くんの意見は尤《もっと》もですけど、それこそ市井《しせい》の……」

また嫌味《いやみ》っぽいことを言おうとしていた朋美《ともみ》が、何故《なぜ》だか途中《とちゅう》で言葉を止めた。

不思議に思っている前で小さく息を吐《は》くと、朋美は諦《あきら》めたような笑みを浮かべ、

「……いえ、今日のところはわたしが引くべきですね。イレギュラーなのはこちらですし、勝者にはそれなりの権限があって然るべきですし」

あろうことか、白旗を揚げた。大人《おとな》の対応として正解なんだろうが、負けず嫌《ぎら》いで皮肉っぽいところもある腹黒さんがやると物凄《ものすご》い違和感だよ。

でもその一方で、秋晴《あきはる》は納得もしてた。こいつは昔から複雑なヤツで、ガキ大将《だいしょう》だったり策《さく》謀家《ぼうか》だったりもするのに、妙《みょう》に高潔なところもあるから。

なので自分はそこまで驚かないけど、

「……………と、当然ですわっ。先の勝負での賭《か》けは無効になったとしても、結果に変わりはありませんもの！」

セルニアは勝ち誇るように笑っている——つもりなんだろうけど、笑顔が硬いのが丸分かりだ。朋美とは対照的に単純なヤツだから、この急激な掌《てのひら》返しに動揺して、ちっとも勝者には見えなくて少し面白い。たぶんだけど、朋美もこの変化を十分に楽しんでいるんだろうなぁ。

転んでもただでは起きない良い例だよ。

まあでも、ようやく話がまとまったみたいなので、秋晴は胸ポケットに入れておいたチケットを取り出した。

それをひらひらと指先で動かして、

「んじゃ、さっさと入ろうぜ。いい加減待ちくたびれたし、これ以上轟《とどろき》をフリーにさせておくと出入り禁止にされかねないぞ」

朋美はあっさり、セルニアは取り乱しながらも頷《うなず》いてくれたので、秋晴はホッと胸を撫《な》で下ろした。

明るく楽しい一日——になる予定だった休日は、いきなり躓《つまず》きながらも、やっとで重い幕を上げることが出来た。

◆

◇

ピナがくれた『トライアクアランド』のチケットの所有権を巡《めぐ》っての体育祭抗争でセルニア率いる赤組が勝利したのは、ほんの一週間程《ほど》前のこと。

……ただ、全《すべ》てを丸く収めようとして秋晴が敗者の朋美に自分のチケットを譲《ゆず》ったところで何かがおかしくなってしまった。そもそもセルニアの家にはチケットがあったって言うし。あの熱い戦いはなんだったんですかって感じだよ。しかも結果として、どういうわけか自分が空気読めてないみたいな扱いになったし。

ともあれ、結局『トライアクアランド』には従育科男子四人に朋美とセルニアを含めた六人

で行くことになった。セルニアの家にはまだ数枚チケットがあったらしいので他《ほか》に数人誘って
みたものの予定が合わず、結局この六人になった訳だ。
秋晴《あきはる》としては、せめて鳳《フォウ》かみみなが来てくれればありがたかった。どちらかでもいればこの
妙《みょう》にギスギスした空気が和《やわ》らいだだろうし、さっきのような争いになることも無かったはずだ。
アトラクションで遊びたいというセルニアに、水族館でゆっくり過ごしたいという朋美《ともみ》。こ
の二人の主張に対し、秋晴と大地《だいち》は『どちらでもいい』という実に平和的で中立な意見を出し
て……ああなったと。男女のペアに分かれるのは暗黙のうちに一同総意で却下《きゃっか》されたし。なら
普通は仕方ないから妥協《だきょう》して互いの意見を尊重し――って流れになるんだろうに、あの自己主
張の激しい二人が譲《ゆず》り合うなんてことをするはずもなく、と。
とりあえずはなんとかなったものの、いきなりこれじゃ先が思いやられてむしろ想像したく
ないなぁ。
楽しく遊びに来たとは思えないテンションの秋晴がこっそりため息を吐《つ》いていると、
「お、あっきー達と一緒なのはここまでやな。こっから先は別行動や」
「ん……ああ、プールは向こうなのか」
轟《とどろき》と三家《さんけ》はプールに行くと、到着前から聞いていた。
ただしウキウキな轟とは違って、三家は微妙《びみょう》に気落ちした感じで、
「はぁ……慎吾《しんご》君、本気なの？」

「おう、当たり前や。ミケかて、プールで遊ぶのに大賛成しとったやないか」

「うん、賛成したけどね……僕が賛成したのはあくまで『プールで遊ぶ』ことであって、『プールに来ている女の子をナンパして遊ぶ』っていうのは、ちょっと違うと思うんだ……」

「確かに違うかもしれへんな。しかしそれは上方修正っちゅうヤツや！　そんならノープロブレムやな！」

「大いに問題あるよっ」

律儀《りちぎ》に突っ込んでやる三家に対し、頭の中がカーニバルな轟はにやっと笑い、

「ミケ、ここは発想の転換や。今日は優待日、つまりはVIPな方々ばかりが来とるんやで？ここで知り合いを作るっちゅうんは、将来の為や。一種の就職活動やで？」

「詭弁《きべん》！　それかなりの詭弁だから！」

「自分を騙《だま》すことが出来れば詭弁でもええんやって！」

「僕は騙されてないよっ?!」

なんというか、いつも通りの漫才《まんざい》だった。

しかしまあ、これだけ言っててても付き合ってやる辺り、お人好しの三家らしい。そのせいで轟が調子に乗っているという説もあるからもう少し辛口《からくち》な性格でもいいのかもしれないけど、人格者は不遇《ふぐう》を背負い込むらしいから、ある意味だと運命なのか？　もしくは、これも一種の自業自得《じごうじとく》なんだろかー……？

秋晴《あきはる》がそんなことをぼんやり考えている間に、意気揚々《ようよう》と荷物を振り回している轟《とどろき》と、どことなく背中が煤《すす》けている三家《さんけ》はプールエリアの大きなドーム状の建物へと入って行く。

――そして、残ったのは四人。

澄ました顔の幼馴染《おさななじ》み、やや不機嫌《ふきげん》そうなドリル、我関《かん》せずと表情で語るルームメイトという布陣《ふじん》に、秋晴は動くに動けなくなる。

どう考えても楽しく和気藹々《あいあい》と過ごすには不適切なメンバーに思えるけど、今更崩《くず》しようもない。犬猿《けんえん》の仲な二人が混ざっている時点でなんかもう手に負えない感がバリバリで、現実逃避したくなるよ。……ああ、でも、アミューズメントパークって普段の生活から抜け出して仮想演出込みで楽しむ場所なんだから、現実逃避はむしろ有りなのか？　それともここからリアルに逃げてこそテーマパークの醍醐味《だいごみ》か？　もう何が何やら分からなくなってきたなー？

「――何をしているんですか、秋晴くん。置いていきますよ？」

「全く、のろまな庶民《しょみん》もいたものですわね」

「……………………お、っと、ちょっと待てっ」

秋晴は慌《あわ》てて後を追い、それぞれの横顔を盗《ぬす》み見て……少しだけホッとする。確かに仲良さげな雰囲気《ふんいき》ではないけど、そう悪くもない。ゲート前ではアレだったものの、犬猿な二人も流石《さすが》に遊園地に入ってまでケンカするつもりはないらしかった。

やー、いいことだよ。ライバル同士切磋琢磨《せっさたくま》するのはいいとして、時には被害者にも目を向けて貰《もら》わないと。主に被害を受けまくりな不憫《ふびん》すぎる同級生がすぐ側にいるって、いい加減分かって欲しいところですよ。

「で、どうするよ？　何から乗ることにする？」

「そうですね……基本的には近いところからでいいと思いますけど。優待日なので客数は普段に比べてかなり少ないらしいですし」

朋美《ともみ》がさらりとどこから手に入れたのか分からないデータを披露《ひろう》すると、セルニアは目を細くして鋭くライバルを見やった。

そんな光景だけで秋晴がそわそわしていると、

「——殆《ほとん》ど並ぶことなく乗れるのであれば、私はどれからでも構いませんわ」

驚くべきことに、朋美に同意するような言葉が。

衝撃《しょうげき》の事態に、秋晴は目をパチパチと大きく瞬《しばた》かせた後、こそっとセルニアの横に並んで出来るだけ声を潜《ひそ》めて問い掛ける。

「……おい、やけに殊勝《しゅしょう》だな？」

「フン、何を言ってますの？　貴族たる者、リーダーシップをとるのは当然ですけれど、譲渡《じょうと》と施《ほどこ》しの精神も持ち合わせているものですわ。これも有する者の余裕《よゆう》、大人《おとな》の余裕というものですわね」

……いやまあ、たかだか遊園地の乗り物のことでそんなセリフが出てくるって時点で大人げなさ爆裂《ばくれつ》してるんだけどな？

やっぱこのドリル、殊勝《しゅしょう》なんて言葉とは縁遠い存在なのか。さっきの一歩引いたような言葉は、ただの奇跡《きせき》だったのかもだ。

「それじゃ、近いところから希望の出たアトラクションに乗っていくか。流石《さすが》に全部に乗るのは無理だしな」

「時間には余裕《よゆう》があるはずですわよ？」

「いや、疲れるから無理。それも精神的に」

「体力も結構使いますしね。そう考えると、並んで待っている時間も決して不必要なものじゃないのかもしれませんよ」

優等生モードの朋美《ともみ》が解説してくれるけど……秋晴《あきはる》は思う。お前なら絶対色んなものに立て続けに乗っても大丈夫だ。たぶん、精神的に一番タフだろうし。

ちなみに会話に参加しなかった大地《だいち》はというと、入場ゲートで貰《もら》ったパンフレットを真剣に見つめていた。この手のアミューズメントパークに来るのは初めてだと聞いていたのでそうなるのも分かるけど、一足先にドキドキハラハラな体験を強《し》いられているこっちのことも少しは考えて貰《もら》いたい。

なんでこんな、遊園地で胃を痛めるような思いをしないといけないんだろーかと摩訶《まか》不思議な気持ちのまま、秋晴は他《ほか》の三人にやや遅れて『遊園地エリア』と大きく描かれたゲートを潜《くぐ》り、顔を上げ――

視界一杯に広がる光景に、スカイダイビング挑戦途中《とちゅう》にパラシュートを開く為の紐《ひも》がスポッと抜け落ちてしまったくらいの衝撃《しょうげき》を受けた。

遊園地は三年ぶりくらいになるから、秋晴はすっかり忘れていた。

外の造りとは明らかに違う、幻想的な雰囲気《ふんいき》を漂《ただよ》わせるよう彩《いろど》られた建物や草花。道は綺麗《きれい》に舗装《ほそう》されていて、両サイドは白いアーチが並んでいて、正に夢の国だ。

基本的には背の低い建物が多いから余計に映える、大掛かりなアトラクションの数々。そして一番目立つ中央には大きな西洋風の城が建っていて――

「びっくりした……」

「何がですの?」

「いや、その…………なんというか……白麗陵《はくれいりょう》に慣れすぎてこのくらいじゃあんまり驚かない自分に逆に驚いた……」

眉根《まゆね》を寄せて『何を訳《わけ》分からないことを抜かしてるんだろうこのヤンキーは』と言わんばかりの目をしているセルニアには理解して貰えないんだろうけど、秋晴にとってこれは相当ショックだ。

前に町に遊びに出た時も思ったけど、今回はそれ以上だよ。だってファンタジーに溢《あふ》れる空間の遊園地が、通っている学校よりやや地味だなんて。おかげで『へー、随分《ずいぶん》と落ち着いた雰《ふん》囲気《いき》だなぁ』なんて微妙《びみよう》な反応する羽目《はめ》になったし。

自分の感覚がズレ気味なことに気付けたからまだマシだけど、よもやここまで白麗陵《はくれいりよう》に常識を侵されていたとは。……というか、遊園地よりリリカルファンタジーな日常空間って、今更だけど絶対おかしい。

額《ひたい》に手を当てて一頻《ひとしき》り嘆いてから、秋晴《あきはる》は深く息を吐《は》く。……よし、忘れておこう。白麗陵のことも自分の感性が微妙になっていることも、とりあえずこの『トライアクアランド』にいる間は。

他《ほか》の面子《メンツ》はゲートから進んで正面位置にあった案内図を見ながら何やら話しているし、自分もちゃんと楽しまないと。

気を取り直し、三人の近くへ行って……秋晴は、思わず息を呑《の》む。なんですか、こいつらの真剣すぎる表情は。特に目なんて、獲物を狙《ねら》うコヨーテか冬眠明けのヒグマかって感じのやる気か殺《や》る気か判別不能なくらいギラついてるよ。

流石《さすが》にちょいとばかり怖い……けど、醒《さ》めているより全然マシか。これは今だけで、いざアトラクションを体験すれば笑顔が溢《あふ》れるに違いない。……というか、お願いだからそうであってくれ。

「……で、どれから行くよ？　近くにめぼしいのはあったか？」

「ええ、右手の方に『ピリオド』というコースターがあります。このエリアの三大アトラクシヨンの一つに数えられているみたいですよ」

「コースターか……セルニアはそういうの、大丈夫なのか？」

大地《だいち》ならまあ大丈夫だろうと思いながらドリルに訊《たず》ねてみると、形の良い眉《まゆ》がピクンと小さく跳《は》ねて、

「そ、それよりこの『アトランティスローラーウェーブ』というのが良さそうですわよ？　何がどうなるのかは分かりませんけど、イラストは楽しそうですわ！」

慌《あわ》てた感じで案内図を指差す……が、これのどこが楽しそうなんだろうな？　何やらタイヤみたいな乗り物の中に人が乗って、しかも床《ゆか》が波打っているという絵だぞ？

どう考えても上下と高低の織りなす地獄《じごく》が待ってそうだよ。いや確かに絵では笑ってるけど、絶対に笑えないことになるぞ、これ。

セルニアの内心は何となく分かるだけに判断に困ってしまい、秋晴は助けを求めるように大地の方を向き、

「えーっと……大地は？　お前はどれに乗りたい？」

「………………、………………、………………、………………」

………………、………………、………………どれでもいい」

「そのタメの長さでか……」

呆《あき》れながらも突っ込むと、大地はぷいと顔を向こうへやってしまった。どうやら恥ずかしい

みたいだけど、迷いに迷ってどれでもいいはないだろ。それとも、どれも同じくらい乗りたいと思ったからこその回答だったんだろーか？　まあどちらにしろ、何の参考にも助けにもならなかったのに変わりはないな。

相変わらずこの手のことだと微妙《びみょう》に役立たずなルームメイトに頼るプランは失敗し、さてどうするかと秋晴《あきはる》が考えていると、朋美《ともみ》がセルニアを見てくすりと笑うのが見えた。

……いや訂正《ていせい》。口元は確かに『くすり』程度の微笑だけど、目の奥は袋小路で鼠《ねずみ》を見つけた猫《ねこ》みたいになってるよ。

となると、その唇《くちびる》から紡《つむ》がれる言葉は——

「あら？　もしかしてフレイムハートさんは、コースターが苦手なんですか？」

……ハイ案の定、嬲《なぶ》るような挑発《ちょうはつ》がきましたー。

予測済みだった秋晴は驚かないけど、セルニアは違う。盛大に目を見開き、その後すぐに朋美を睨《にら》みつけると、

「な、なっ、何を言うかと思えば事実無根の中傷ですの!?」

「いいえ、そんなつもりはありませんよ。ただ確認したかっただけなんですが……その様子だと、やっぱり……」

「やっぱり、何だといいますのよっ?!　違いますわよ！　この私が、誇り高きフレイムハート家の息女《そくじょ》たるこの私が、コースターが怖いだなんてあり得ませんわ！」

ちなみに朋美のヤツは『怖い』じゃなくて『苦手』かどうかって訊《き》いていたんだけど、慌《あわ》てふためくドリルさんは見事に墓穴《ぼけつ》った。まあ、うん、流石《さすが》としか。

良く出来たコントを見る感覚で眺《なが》める秋晴の前で、朋美がにこりと優しく笑い、

「それなら、コースターもいけるんですね？」

「当然ですわっ！」

「なら良かったです、まず『ピリオド』から乗りましょう。ここから見る限り並んでいる人はあまりいませんから、すぐに乗れそうですし」

――はい、詰みました、と。

秋晴は脳内で投了の合図を告げると、クォーターで金髪《きんぱつ》の豪華《ごうか》な縦《たて》ロールなんて絵に描いたようなお嬢様《じょうさま》像《ぞう》を体現しているセルニアは、笑ってるのか泣きたいのか分からない中途半端《ちゅうとはんぱ》な顔で固まっていた。

ここから近いし、あまり待たずに乗れる。おまけに人気アトラクションとくれば、拒否する理由は一切無し。

……と、いうわけで。

「さあ行きましょう、フレイムハートさん。秋晴くんも大地《だいち》くんも、遅れたら駄目《だめ》ですよ？」

満面の笑みを浮かべた朋美はしっかりとセルニアの手首を掴《つか》んで、さくさく歩いてコースター乗り場へと向かう。

何やら切なさを覚えるその光景に、秋晴《あきはる》は隣《となり》の大地《だいち》にぽつりと漏《も》らした。

「……なんっつーか、売られていく仔牛《こうし》って感じだよな？」

「その例えは良く分からないが、言いたいことは理解した」

とは言うものの、大地は不思議そうに眉根《まゆね》を寄せて、

「しかし、どうしてフレイムハートはあんな反応を？　僕の知る限り、コースターは安全で楽しい乗り物のはずだ」

「あー……動いている実物と、乗っている奴等《やつら》を見れば分かるんじゃないか」

百聞《ひやくぶん》は一見《いつけん》にしかずと言うし、遊園地初体験なら野暮《やぼ》な説明はしない方が良さそうだと思って秋晴はぼかすような返事をした。


世界最高速級のハイスピードコースターというキャッチフレーズの『ピリオド』は、たぶん発案した人間の頭がどこかおかしいんだろうというのが秋晴の感想だった。

コース全体を見上げてみると、長くてでかいの一言に尽きる。高速で捻《ねじ》れながら進んだり720度のループを三連で用意していたりとそれだけでも酷《ひど》いのに、高低差がマックスで八十メートルっていうのはハンパじゃない。

そこにプラスして瞬間《しゆんかん》最高時速二百キロを超える速度が出るっていうのだから、そりゃあ普通ならビビるし、どうやら絶叫系が苦手らしいセルニアじゃなくても二の足を踏みたくなる

スペックだ。

正直、スピードはともかく高いところがそこまで好きじゃない秋晴としては進んで乗りたくはないけど、一遍《いっぺん》くらい体験してみる価値のあるコースターだとは思う。

それにノリノリのヤツが一人いるし。ドリルに対する嫌《いや》がらせっていうお楽しみがあるとはいえ、あの朋美の嬉《うれ》しそうな顔を見れば、本気でこのコースターに乗りたがっているのはオオアリクイでも分かりそーだ。

……そーいや朋美って、スリルのある遊びが好きだったしなぁ。犯罪めいたことはしてないけど、欄干《らんかん》渡りとか高いところに登ったりとか。

長い階段で順番待ちをしている今も、レールとコースターが織りなす豪快《ごうかい》な響きや客の悲鳴に頬《ほお》を緩《ゆる》ませて、そわそわとあちらを見たりこちらを見たりしていて、優等生モードの仮面が外れかかっているくらいだ。

一方、違う意味でそわそわしているのがセルニアで、こちらは情緒《じょうちょ》不安定な感じに目が泳いでいた。次には自分達の順番が回ってくるんだから落ち着かないのも分かるけど、顔色までやや青白くなっていた。

これは流石《さすが》に可哀想《かわいそう》に思えてきて、秋晴は後ろにいる冬山で遭難《そうなん》した人みたいな表情になっているセルニアに、

「なあ、無理なら止《や》めた方がいいぞ。乗ったらもう止めて貰《もら》えないから、今のうちじゃないと

取り返しがつかないぞ」

「だ、誰が無理だと言いまして⁉　私は、全然、大丈夫ですわよ！」

「……いや、だから無理は……」

「よ、余裕《よゆう》だと言っているのですわ。……そう、そうですわよ。この私が、イギリス貴族たる私が、たかだか遊具程度に……」

ぶつぶつと呟《つぶや》き始めたセルニアの姿に、秋晴《あきはる》は頭を抱《かか》えたくなる。しまった、盛大にミスった。負けず嫌《ぎら》いなこいつの性格を考えれば、逃げ道を作るような助け船になんて乗るはずがないのに、完璧《かんぺき》に失念してたよ。

……まー、こうなったら仕方がない。本人があぁ言っていることだし、墓穴《ぼけつ》を掘った上に自ら土を被《かぶ》るような真似《まね》をされたら、こっちもどうにも出来ないし。

強がって笑みを浮かべてはいるけど徹夜《てつや》三日目の人より倒れそうな顔色になっているセルニアに、秋晴は心の中で合掌《がっしょう》し……

そこに、明るい制服を着た係員がやってきた。

「――大変お待たせいたしました！　次のグループ二十名様、ご案内になります！」

景気の良い係員の声がタイムアップを告げたので、秋晴達は階段を上りきったところにあるプラットホームへと移動する。

既《すで》に到着していたコースターからは前の客が降りたばかりで、よろよろと歩いている人もいてなかなかに不安を誘ってくれる。……ヤバイ、泣いている人もいるよ。あと放心状態にしか見えない人も。

「それでは二名様ずつ、先頭の方からお乗り下さい。バッグなどをお持ちの方は、足下にある籠《かご》に入れて固定を――」

他人の心配をしている場合じゃないと思わせてくれる光景だけど、係員には見慣れたものらしくて笑顔のまま誘導《ゆうどう》と諸注意を始める。それを聞き流している内に俄《にわか》に緊張してきて、かなり落ち着かなくなった。

前に遊園地に来た時もコースターに乗ったけど、あの時も相当に怖かったしなぁ……あれは確か、隣《となり》に乗ったのがやたらと太ったヤツで、バーが途中《とちゅう》までしか降りなくて、非常に不安定な状態のまま発進されて………うわ思い出したら震えが……！

二の腕《うで》辺りを手で擦《さす》りながら、秋晴はちらりと隣《となり》のルームメイトを見る。大地《だいち》は太っているどころか小柄《こがら》で痩《や》せているから、あの時みたいにはならないだろうけど……でもやっぱり、体格は出来るだけ近い者同士で隣に座った方がいいに違いない。

となると――

「なぁ、朋美《ともみ》さんよ」

「どうしたんですか？　変な呼び方をして」

「や、随分《ずいぶん》楽しみにしているみたいだからさ。俺《おれ》は後ろでいいから、初体験の大地と一緒に前に座れよ」

いかにも『さりげない気遣《きづか》いをしてみました』って感じで話を持ちかけると、朋美《ともみ》は疑るような目を向けてきた。凄《すご》いな、全然善意だって思われてないよ。これでも一応幼馴染《おさななじ》みで、主人の下で働くことを好ましく感じる執事を目指す従育科の生徒ですよ？　なのに『あらあら一体何を企んでやがるのかしら？』と言わんばかりの目で見られるってどういうことだか。

じっと秋晴《あきはる》の目を見つめていた朋美は、数秒の間を置いてから「まあ、いいですけど」と返してきた。

「確かに前の方が楽しめますから、その提案は有り難く受けることにしますね。秋晴くんの薄《すすき》みたいな髪《かみ》が目の前にあると、気が散りそうですし」

「んじゃ、それで」

割と簡単に交渉がまとまったので、秋晴はさっさと朋美と位置を交替する。……どうでもいいけど頭が薄《すすき》って嫌《いや》な言われ方だなぁ。将来どうなるかを言われているみたいな、死の宣告っぽくて。

頭皮と毛根に呪《のろ》いを受けたような気分になって苦い表情でいると、足早《あしばや》な注意事項も終わったらしく、先頭から誘導《ゆうどう》されてコースターに乗り込んでいった。

すぐに秋晴達の番になり、いよいよといった感じでコースターに乗る。先に座っていたセルニアはガッチガチに固まっていて、こっちまで緊張が深まってしまう。

　これから今まで体験したこともない凄《すさ》まじい高速世界に旅立つっていうのに、こんな調子だと楽しめないまま終わりかねない。や、地獄《じごく》へ招待されそうになっているのにリラックスして楽しめって方が無茶なのかもしれないけど。

　やれやれだなー、と秋晴がため息を吐《つ》いていると、係員がやって来て手際《てぎわ》よく落下防止用のバーを下ろして、ストッパーを掛けてから次の列へと移動した。

　着々と準備は進み、ややあって全《すべ》ての作業が終了したのか係員が駆《か》け足で離れていく足音が聞こえ——そして、つんざくような発車のベルが鳴り響いた。

　ガタン、という始動の揺れに秋晴が興奮と後悔を同時に感じていると、隣《となり》から小さな声が聞こえてきた。

「…………大丈夫、大丈夫ですわ…………！…………これまで無事故、怪我人《けがにん》は無し、そもそも遊具は安全を最大限に考慮《こうりょ》した造りで…………」

　身を縮みこませて両手でしっかりとバーを摑《つか》んだセルニアが、呪詛《じゅそ》みたいに自分に安全と言い聞かせていた。これはこれでちょっとしたホラーだけど、怖くなってきたのはこっちも同じだから笑えない。

　こういう時は、あれだ。喋《しゃべ》るか何かして、少しでも気持ちを紛《まぎ》らわせないと。

　まだしばらくはなだらかな上りが続くことを確認してから、秋晴は隣で固く目を瞑《つむ》っていたセルニアに声を掛けてみた。

「おい、目は開けておいた方がいいぞ。落下が始まった時、急にガクッと来ると死ぬ程《ほど》怖いから」

自らの体験を元にした忠告をすると、セルニアは驚愕《きょうがく》の表情でこちらを見て、

「え……ッ!? ど、どうして貴方《あなた》が隣《となり》にいますの?!」

「いやイリュージョンの現場見たような反応されても。乗りこむ前から横にいたから」

というか、今の今まで気付かなかったのか。どれだけ緊張してるんだか。それともあれか、そんなに存在感が薄々《うすうす》ですか?

体育祭ではあんなに頑張《がんば》ったのに……、と自虐《じぎゃく》的な気分になるけど、今は塞《ふさ》ぎ込むよりも恐怖が強い。

高度が上がって邪魔《じゃま》な建物が無くなったせいか風が強く顔に当たる中、秋晴は目を細めて周囲を見ようとして——止めた。

「くそ、すっかり忘れてたけどこの高さと不安定さは厳しいな、おい。右も左も建物が無いってヤバくないか?」

「………黙り、なさい………!………無駄口《むだぐち》を叩《たた》くと、それだけ……」

「いや何も起きないって。起きないよ。起きないよな?」

セルニア程では無いけどかなり怖くなってきて、逆になんだか妙《みょう》にハイになる。口元は笑ってるし高揚感も凄《すご》いけど、恐怖も増す一方だ。

座りながらも膝《ひざ》が震えそうになって、秋晴《あきはる》はそれを誤魔化《ごまか》すように視線を動かした。

前には朋美《ともみ》と大地《だいち》の頭があって、微動だにしない大地と違って朋美の方は周囲の景色を楽しむように頭を動かしている。それを見ているとなんだか負け犬気分になるので左――は空気しか無くて下は絶対見たくないから、自然と視線は右へと移り、

――するとそこに、ぷるぷると震える存在が。

秋晴の忠告を無視したのかそれとも耐えきれなくなったのか、再びギュッと目を瞑《つむ》ったセルニアの、ただでさえ大きな胸がえらいことになっていた。ブラウスのボタンは上二つが外れていて、そこから血管が透けて見えそうなくらい白い肌《はだ》が覗《のぞ》いている。

それだけならよくあること。いや普通ならないけど、露出の多い服装を好むセルニアややたらとスタイルのいいドジ姉妹がいたりする白麗陵《はくれいりょう》で生活していれば割と見る光景だ。けど、今はコースターに乗っている。それがどういうことかというと、加速した後に備えて身を縮こませながらしっかりバーを握っているから、自然と両腕《うで》で胸を強調する形に。しかもそれがガタゴトという振動を受けて揺れているわけだから、それは目が離せない展開にも程がある。

思わず唾《つば》を呑《の》み込むけど、ただでさえ緊張で乾いていた喉《のど》はさらにカラカラになっていた。軽く咳《せ》き込みそうになって、それでも秋晴の視線は出来たての温泉卵のように揺れるセルニアの胸元に固定のまま。

だって仕方ない、コースターが上る角度が少し急になって、しかも速度が徐々《じょじょ》にアップして

PERIOD

揺れも大きくなったせいで、さらに凄《すご》いことになっているんだもの。というかこれ、本当に下着つけてるのかってくらい肌《はだ》が見えてるし。それが不規則に弾《はず》んで波打つ様は、もう一種の芸術だと思うわけですよ。リアルタイム進行で変化しているし、一瞬《いっしゅん》でも目を離したら後悔するに違いない。

ある意味、はじめてのおつかいよりもドキドキハラハラな光景に、秋晴《あきはる》はそれ以外のものが目に入らなくなる。

しかも――

「……お、」

コースターがこれまでとは逆に、ゆっくりと下向きに角度を変え――

「おお、」

その為、重力の影響かさらに胸元が開いて――

「おおおおおおおおおおおおおっ!?」

――次の瞬間《しゅんかん》、急転直下の強烈な猛《もう》加速に意識をぶん殴《なぐ》られた。

◆

◇

「……うおー……首が、首がきてる……」

寝違えた朝みたいに首をさすり、まだズキズキと痛む辺りを指先でやわやわと揉《も》みながら秋《あき》晴《はる》はぼやく。膝《ひざ》も微妙《びみょう》にふらつくし、コンディションが一気に悪くなったような気がする、というか気のせいじゃなく悪くなった。

初っ端《しょっぱな》からえらいもんに乗ってしまったと秋晴が思っていると、弾《はず》むような足取りだった朋《とも》美《み》がくるりと振り向いて、

「ちゃんと前を向いて、顎《あご》を引いてないからそうなるんですよ。余所見《よそみ》する余裕《よゆう》があったのは、まあ意外といえば意外ですけど」

「別に余裕だった訳じゃない。……つーかお前、よくアレの後でそこまで元気でいられるな？　大地《だいち》だって心なしかフラついてるってのに」

遊園地初体験で世界最高クラスの速度はやっぱりかなりの衝撃《しょうげき》だったようで、流石《さすが》の大地も足下が覚束《おぼつか》なくなっていた。本人曰《いわ》く「三半規管《さんはんきかん》は大丈夫だが……驚いた」とのことで、まだどこかぽけーっとした表情のままだ。

ただし表情のアレさ加減なら、もっと酷《ひど》いのがいる。

後ろを振り返れば、何とか自力歩行は出来ているけど膝関節の正しい使い方を忘れたような歩き方をした、セルニアの姿が。

なんというか、セルニアだった人、って表現の方がしっくりくるくらい壊《こわ》れていた。両手は

だらりと下がっているし、目は虚《うつ》ろだし、表情からは一切の覇気《はき》が消え失《う》せているし。心なしかドリルも萎《しお》れているような気もするなー。

　四人の中で最大のダメージを受けたらしいセルニアは、自力でコースターから降りられないくらいの放心状態になってしまい、今もまだこんな感じだ。

「フレイムハートさんは、何というか、壮絶《そうぜつ》ですね？　悲鳴は聞こえてこなかったので、我慢《がまん》しているのかと思っていたんですけど」

「いや、あれは悲鳴すら上げられなかったって感じだったぞ。俺《おれ》もそれに近かったけど」

「あんなに楽しかったのに……最後にもう一度乗りません？」

　無邪気《むじゃき》な笑みを浮かべる朋美に、秋晴だけでなく大地も、そしてセルニアも首を横に振った。

どうやらあんな様子でも意識はあるっぽかった。それとも生存本能だけで反応したのか、判断が難しいところだよ。

　ともあれ、三人に反対された朋美は残念そうにため息を吐《つ》いて、

「残念ですけど、仕方がないですね……それじゃ、次はもう少しテンポの良いアトラクションにしましょうか？」

「……いやテンポの良いの意味が理解出来ない」

「『ピリオド』は加速までのためが長かったじゃないですか。だから次は、もっと早く展開が変わるものにしましょう」

「あー、なるほどな」

確かにあの待ちの長さは恐怖心を煽《あお》りまくってくれたし、悪い意見じゃない。首を痛めた代《だい》償《しょう》に眼福《がんぷく》過ぎる光景を見れたから、あれはあれで良かったんだけど……って、その発想はまずい。仕事だから大丈夫って自分に言い聞かせて際どい水着の女性をまじまじと見るプールの監視員くらいの駄目《だめ》さ加減だよ。

煩悩《ぼんのう》を振り払うように秋晴《あきはる》は頭を振って、精一杯の作り笑いを浮かべ、

「それじゃ、次はどれに乗るっていうんだ？」

問い掛けると、朋美《ともみ》はにっこり笑って――


四分後、フリーフォールで垂直落下の餌食《えじき》にされた。

上から下への急激すぎる落下を味わって、秋晴はよろよろとフリーフォール乗り場から出た。これは、まずい。内臓が押し上げられて口から出そうに～、なんてことにはならなかったけど、脳が歪《ゆが》むんじゃないかってくらいのGと貧血みたいに頭に血が上る感じが、どう考えても拷問《ごうもん》としか思えなかった。

二人ずつ乗るタイプだったのでまずは秋晴と大地《だいち》が乗ることになったものの、もし後発組だったら急な腹痛でも訴えてキャンセルしたくなるくらいの落下速度だった。前に客がいなかっ

たから乗る前は分からなかったけど、きっと外から見てもえらい勢いで落ちたと感じられたはず。

実際、朋美は相変わらずわくわく顔でいるけど、セルニアの顔色は青白いままだし。それでもギブアップはしない辺りがセルニアというか、

「あら、フレイムハートさん、顔色が良くないですよ。怖いのであれば、無理はなさらない方がいいですよ?」

「ッ、誰が怖いなどと言いましてっ!?」

……簡単に乗せられてしまう辺りが、流石《さすが》というか……

自ら茨《いばら》の海に飛び込んでいくセルニアの姿は何か大切な教訓を与えてくれるよーな気がするけど、とりあえず秋晴は大地と一緒にフリーフォールを正面から見れる位置に移動した。そこで携帯電話を構え、頑張《がんば》って操作をして録画モードを引っ張り出す。

携帯で写真が撮れるっていうのは知っていたけど、動画まで撮れるなんて。さっき朋美から『折角《せっかく》だから撮影してくれませんか?』と優等生笑顔で頼まれた時に教えて貰《もら》わなければ、そんな最先端《せんたん》機能がついているとは知らずに一生を終えたかもだ。

片手で携帯を構えてちゃんと映るかどうかを確認している間に、朋美とセルニアは横並びでフリーフォールの席に固定され、係員は操作する為に小部屋へと入っていく。

外と内を隔《へだ》てる柵《さく》からフリーフォール本体の距離は割と近くて、機械音はあるけど少し声を

張れば会話も可能だ。

「それじゃ、もう撮り始めるからなー！」

「了解しましたー！　ほらっ、フレイムハートさんも笑顔で！」

「どうしてこの様な状況で笑っ――ち、違いますわよ！　あんな男に振りまくような笑みなど無いということですわよっ?!」

賑《にぎ》やかねー、なんて声が周囲から聞こえてきそうな状況だけど、遊園地ならこれも有りのはずだと秋晴《あきはる》は思う。視界の端《はし》でクスクス笑っている大学生っぽい女性二人組も、まさか日常的にこんな騒《さわ》ぎを起こしているとは思うまい。

はしゃげるついでに、懸《け》念《ねん》があったのでそれも言っておくことにした。普段なら流石《さすが》に大声で言えないけど、この空気なら言える。

「どうでもいいけど、お前等《まえら》ちゃんとスカート押さえておけよー！　不慮《ふりょ》の事故とかあったりなかったりするぞー!?」

「あはは、大丈夫ですよー！　落ちる時はちゃんと、その辺りも注意しますからー！　それに秋晴くんとしては、アクシデントがあった方が嬉《うれ》しいんじゃないですかー?!」

「んなわけあるか――――！」

それはもう心の底からの声なので、ボリューム三割増しで応《こた》えておく。確かにスカートがはためくことで重力と警戒心《けいかいしん》でガードされた部分が見えるのは男として嬉しい限りだけど、そんなことになったら後が怖いと全身で知っている以上、幸せより不幸が大きい結果を望むわけがない。しかもフリーフォールのスピードは体感済みで、あの速度で捲《めく》れていてもピンポイントで目視《もくし》するなんて芸当出来るとも思えないし。

そんな馬鹿なやり取りをしていると、発進前の合図になるベルが鳴り響いた。何か言いたそうに口を開けていたのに慌《あわ》てて肩口《かたぐち》から降りた固定バーを握る辺り、やっぱりこれもセルニアには厳しい乗り物らしい。

秋晴はそんな様子に苦笑しつつ、あとはボタン一つ押せば録画開始とスタンバッていた携帯を掲げ、

「んじゃ、撮るぞー！」

宣言してボタンを押すのと、フリーフォールが上昇を開始するのはほぼ同時だった。

——そして、もう一つついでに。

大自然のささやかな悪戯《いたずら》と言うべき突風が、二人のスカートを思いっきり捲り上げるというアクシデントが。

ふわ、と舞い上がった時同様に柔らかくスカートが落ちた後も、朋美《ともみ》は笑顔を強張《こわば》らせたまま。

ただでさえ緊張しまくりな表情だったセルニアは呆然《ぼうぜん》として――

そんな二人は遙《はる》か上空へと運ばれて行き、そして悲鳴の一つも漏《も》らさないまま無事落下を終えると、しっかりとした足取りというか攻撃《こうげき》的な歩みで乗り場から出て秋晴の方へと向かってきた。

片《かた》や笑顔で片や悪鬼《あっき》もびびるような目をしてるけど、そんな二人が同種の殺気を纏《まと》っているよーな気がするのは何故《なぜ》だろーか？

とりあえず秋晴《あきはる》は十字を切り、こんな状況を作ってくれやがった神様に『ろくなことしないでくれて本当にありがとう』と胸中で吐《は》いたところで、覚悟《かくご》の時間は終了した。

目の前で、にっこりと凶悪《きょうあく》な微笑を浮かべた朋美《ともみ》がこちらへと手を差し出して、

「――とりあえず、それを渡して下さい？」

「……はい」

抵抗することなく携帯電話を渡すと、朋美は片手で何やら操作をしながら画面を見つめる。

そして、あらまあとでも言いたそうな表情に。

「これはまた、上手《じょうず》に撮ったものですね？　バッチリ映ってますよ？」

「…………何がでしょう？」

この期《ご》に及んで惚《とぼ》けてみるけど、空気はちっとも和《やわ》らがない。

しかもこの回答がお気に召《め》さなかったのか、セルニアは口端《くちはし》を吊《つ》り上げて笑みを作り、

「随分と腐《くさ》った脳を使っているみたいですわね？　それとも私達に言わせようというセクハラですの、この破廉恥《はれんち》庶民《しょみん》」

「秋晴くんがむっつりスケベなのは重々《じゅうじゅう》承知していますけど、これは犯罪ですよ？　そして自己申告《しんこく》は減刑の対象になりますよ？」

「…………何が、何やら」

「だから——見たんですよね？」

「勿論《もちろん》、見ましたわよね？」

糾弾《きゅうだん》に次ぐ糾弾の声がぐさぐさと刺《さ》さり、秋晴は震えそうになりながら俯《うつむ》いて、

「……………………み、見てません」

……自分でもどうかと思うくらい分かりやすい嘘《うそ》を吐《つ》いた。違う、吐きたくて吐いたんじゃなくて、強烈すぎるプレッシャーに耐えきれなくて……！

けど、そんなの今更だ。この口はどうしてこんなことを言ってしまったのかと後悔する間も無く、秋晴に向けられていた視線が鋭さを増した。

「へぇ……」

「あら……」

「…………っ」

「ところで、大地《だいち》くんからは見えましたか？　それとも、秋晴くんと同じく——」

「見えた。というか、あのタイミングで見えない訳がないだろう」

何の躊躇《ちゅうちょ》もなく、大地《だいち》はあっさり口を割った。

そして朋美《ともみ》は殊更《ことさら》優しく微笑《ほほえ》んで、

「正直者には情状酌量《しゃくりょう》が必要ですね。そして嘘吐《うそつ》きには、重い罰《ばつ》を与えてあげないといけませんね？」

「珍しく同意見ですわね。無論、私が推すのは極刑ですわ」

「まあ、本当に珍しく意見が合いますね？」

そんなところで意見の一致なんてしなくていいです——という心の声は、誰にも届かず。

十三階段を目前にした死刑囚《しけいしゅう》の心境のまま、秋晴《あきはる》は怒れる二人に肩《かた》を掴《つか》まれた。


——ちなみに刑罰《けいばつ》は何だったかというと。

百円を入れるともっさりとした感じで動く、今時《いまどき》誰が乗るんだよこんなのって言いたくなるようなパンダの乗り物に乗ってソフトクリームを買いに行くという、今までの人生で五本の指に入るくらい死にたくなるものだった。

一部始終が動画で納められている朋美とセルニアの携帯はいつか叩《たた》き壊《こわ》してやると、秋晴は心で泣きながら決意した。

優待日というだけあって空いている中、待ち時間のあるアトラクションはほんのいくつかだけで、後は殆《ほとん》ど待たずに乗ることが出来た。

◇

とはいえ、派手《はで》なアトラクションに乗ると疲れるし、ぐるぐる回って三半規管《さんはんきかん》を攻撃《こうげき》するような物に乗ればやっぱり休 憩《きゅうけい》が欲しくなってと、一つ乗っては五分から十分ばかり休んで移動、というローテーションがいつの間にか自然と出来上がっていた。

「……しかし、このままだと本当に全アトラクション制覇《せいは》出来るな」

遅めの昼食をとった後のまったりタイム中、秋晴はパンフレットを見ながら既《すで》に乗ったアトラクションを数えてみて、唸《うな》るように呟《つぶや》いた。

一応、午後の六時くらいになったら轟《とどろき》達と合流することになっているけど、このままのペースだと余裕《よゆう》で全《すべ》て回ることが出来る。これは『トライアクアランド』のアトラクションが少ないからじゃなくて、入場者数が少ないからだ。もう一つ思い当たるとすれば、優待券を貰《もら》える上流階級の人達は、がっついて全制覇する勢いで乗りまくろうって風にはならないからかもしれないな。いくつか気になっていたのに乗ったら水族館エリアに移動、ってプランも十分有りだし。

◆

「それで、あといくつ残ってますの?」

「七つ、だな。しかもまだ目玉級が二つもあるぞ」

セルニアの問いに応《こた》えながら、秋晴《あきはる》はパンフレットに載《の》っている説明をざっと読んで、

「メシの後だから激しいのは止《や》めておいた方がいいよなー……けど、残っているのはコースター系が二つに逆バンジーみたいに吊《つ》るされるヤツに……」

「……もっとマシなのはありませんの⁉」

「んー……お、そういやあれがあった。乗るんじゃなくて少し歩くから腹ごなしには丁度《ちょうど》良いだろうし、三大アトラクションの一つだし、これにするか」

やっぱり絶叫系は遠慮《えんりょ》したいらしいセルニアも納得出来るヤツが、一つあった。一番時間がかかるアトラクションで、ある意味コースターよりも遠慮《えんりょ》したいヤツが。

でもまあ、どうせ全部回るなら後になるか先になるかの違いだけだし、最後に回すよりは気分的にマシのはず。

なので秋晴はパンフレットを見てそれがある場所を調べながら、

「んじゃ、次は『ブラッディナイトメア』にするか——って、どうした、朋美《ともみ》?」

「……なんでもないですよ?」

そんな馬鹿な。いきなり手に持っていたジュース入りのカップを落としておいて、何もない訳がないだろーに。

不審《ふしん》に思って幼馴染《おさななじ》みの様子を窺《うかが》うも、澄ました顔でカップを置き直してティッシュで少し濡《ぬ》れたテーブルを拭《ぬぐ》う仕種《しぐさ》におかしなところは見受けられない。

朋美《ともみ》には珍しいうっかりミスだったんだろーかと秋晴が思っていると、

「それで、そのアトラクションは何ですのよ？　向こうに見える安っぽい城のことだというのは分かりましたけれど」

「安っぽいとか失礼なこと言うなっ。……まあ確かにお前の住んでる女子寮の方が凄《すご》いけど、結構な金が掛かってるらしいぞ？　イメージとしては、古城でダンスパーティーのあった深夜に大量殺人が起きたとかで、その呪《のろ》いでえらいことになっている城内を踏破《とうは》するんだぞーだ」

「要はお化け屋敷ですわね？　それも目玉に据《す》えられる程度には力を入れた……それなら少しは楽しめそうですわ」

「あれ、お前お化け屋敷は大丈夫なタイプなのか？」

てっきりこのドリルはビビりまくるタイプだと思っていた秋晴が拍子抜《ひょうしぬ》けして訊《き》くと、セルニアは鼻で笑って、

「本物でない幽霊《ゆうれい》や妖怪《ようかい》が出ると知っていて行くのに、どうして耐えられないと言うんですの？　……いえ、譬《たと》え本物がいたとしても、同じですわね。驚かされ、スリルも多少は有りますけれど、それを込みで楽しむのが上流階級に生きる人間というものですわ！」

「いやそんな定義絶対無いからな？」

「フン、所詮《しょせん》は上流生活に縁の薄《うす》い庶民《しょみん》の感覚ですわね。英国のとある寺院で幽霊《ゆうれい》が目撃《もくげき》されるのは有名な話ですし、フレイムハート家の本宅でも数年に一度は出るという話が伝わってましてよ。これもまた上流社会では、特に歴史深い建物の多い国や街では当然のもので……そう、日本でいうところの『侘《わ》び寂《さ》び』なのですわ！」

「うん、途中《とちゅう》までそれっぽい気もしてたけど、最後ので台無しになった」

とりあえず突っ込んでおいてから、待てよと秋晴《あきはる》は考える。そういやこいつ温泉とか祭りとか好きだったから、もしかしたら肝試《きもだめ》しなんかも好きなのかもしれない。あれか、外国人が日本文化を好む感じか。

「まあともかく、セルニアは賛成だな？　大地《だいち》は……オッケー、その顔を見れば何が何だか分かっていないのは理解出来た、とりあえず体験してみろ。朋美《ともみ》も、いいだろ？」

「え、ええ、勿論《もちろん》。……物は試しと言いますし」

「はい？」

微妙《びみょう》に訳の分からないことを言う幼《おさな》馴染《じ》みに秋晴はおかしなものを感じたものの、率先《そっせん》して立ち上がった朋美はくるりと背中を向けてしまったので、表情は見れず。

対抗するようにセルニアも勢い良く席を立つし、大地もいつの間にかテーブルの上にあったトレイを片付けてスタンバッてるし、どうも詮索《せんさく》している余裕《よゆう》は無さそうだった。

……まあ、いいか。朋美が何を企んでいるかなんてどうせ読めないだろーし、読めたところでどうせ防げないし。

　第一いつも朋美の行動に陰謀《いんぼう》がセットで組み込まれているって訳でもないしと、秋晴は楽観することにして立ち上がる。まったり過ごすにはこの面子《メンツ》は個性が強すぎで、特に犬猿《けんえん》の仲な二人がいつ一悶着《ひともんちゃく》起こすか分かったもんじゃない。

　誰が音頭《おんど》をとるでもなく歩き出し、遊園地エリアのどこからでも見えるという触《ふ》れ込みの白《はく》亜《あ》の城を目指す。

　昼飯を食っていたテラスから大して距離はなくて、すぐに目的地に着いた。

　近くから改めて見上げてみると……やっぱり白麗陵《はくれいりよう》にあるヤツに比べると、ちょっと造りが甘い。比べる対象が寮っていう時点で間違っている気もするけど、あれはどっかから移築してきた本物らしいから、それに劣ってても仕方ないか。

『学校の寮∨遊園地の城』という変な公式を頭に浮かべつつ、秋晴は大きく口を開けた城門の前でアトラクションの案内書きを探した。『ブラッディナイトメア』なんて仰々《ぎようぎよう》しい名前だけで説明要《い》らずな感じだけど、そこは念の為に——と、キョロキョロしていると、

「こ～んに～ちわっ！　四名様ですかー？」

　門の脇《わき》に立っていたらしい係員の人が、絞《しぼ》りたてなフレッシュ笑顔を浮かべまくりで走り寄ってきた。

　……というか、近い。自分のすぐ目の前、十五センチくらいしか離れていない位置から見上

げられると、身を引く以外の選択肢《し》は無くなるよ。

心も体も引き気味な秋晴《あきはる》に対して、係員は他《ほか》の三人の顔も見回して、

「皆さん、世にも恐怖なこのアトラクションに足をお運び頂きありがとうございます！　今日はちょっと客入りが少なくて暇《ひま》で暇で仕方なかったので、ここぞとばかりに懇切丁寧《こんせつていねい》にネタばらししちゃう勢いで説明させて頂きますよっ」

「いやネタばらしされたら怖くなくなるだろ」

「おうっ、鋭いですねアナタ！　しかしその程度では揺るがない恐怖が皆さんをウェルカムしていますので、全然大丈夫ですよ！」

「……ちょっと、秋晴。何なんですの、この係員は……」

セルニアがこそっと耳打ちしてくるけど、それをこっちに振るなと言いたい。

「あー……その、このまま入っちゃってもいいのか？」

暇潰《つぶ》し材料を見つけてうずうずしているらしいこの係員から早く解放されたい一心で秋晴が訊《たず》ねると、彼女は少しだけキリリッと表情を引き締め、

「んー、それがですね。当アトラクションは、四名様以上のグループは出来るだけ分けて入って頂くことになっているんですよ。ほら、怖い怖いといっても友達同士でキャーキャー言っているとあんまり怖くなくなるじゃないですか？」

「あー……それは確かにあるかも」

「ですからですね、皆さんの場合なら二人ずつ入って貰《もら》うことになるんです。ちなみに城内のコースは四通りありまして、それぞれのコースは独立しているので同時スタートが可能、二度目以降も楽しめるというチャレンジ設計になってます！」

おお、それは凄《すご》い。確かにお化け屋敷は一発勝負な造りだから同じ所には二度と行かないのが普通だけど、これなら何度も大丈夫な訳だ。……まあ、自ら進んで何度も入ろうとは思えないアトラクションだけど。

しかし説明を聞く限り、二人ずつ二手に分かれないといけないのか。別にデートって訳じゃないから、男と女で分かれても――良くないか。朋美《ともみ》とセルニアを一緒にするなんて、たぶんどっちも嫌《いや》がるな。

となると、必然的に男女のペアになる。

「ふふふ、うちの城は怖いですよー。そりゃもう女の子はキャーっとなり殿方《とのがた》の腕《うで》といわず胸といわず抱《だ》き付いてしまうくらいに！」

そこで『上手《うま》くやったもんじゃな若人《わこうど》よ』みたいな目をするな、この暇過ぎ係員。

そもそも、秋晴はちっともそんなことを考えていなかった。お化け屋敷に女子と一緒に――となれば考えている方が普通なんだろうけど、朋美にしろセルニアにしろ気が強いし、どちらかというと自分はやや恐がりな部類に入ると嫌な自負もあるしで、密着ハプニングを期待するような余裕《よゆう》はなかった。

……でも、いざこうなって考えると……セルニアと組む方が面白いか？　さっきの態度からするとお化け屋敷なんて大したこと無いって本気で思っているみたいだけど、実際に入ったらあっさり怖がるかもしれないしなー。でも絶対強気の態度は崩《くず》そうとしないで……うわ見物《みもの》過ぎる。それにどちらかというと嬉《うれ》し恥ずかしいハプニングがありそうなのはドリルの方だし、

——と、次第に妙《みょう》な方向へ思考がずれ込んだ時。

秋晴《あきはる》の腕《うで》に、軽く掴《つか》まれたような感触《かんしょく》が。

やや驚きながら見てみると、いつの間にか朋美《ともみ》が笑顔で寄り添っていて、

「では、わたしは秋晴くんと行くことにしますね」

——そんな決定事項を口にした。

「おい、朋美……？」

「あら、秋晴くんはわたしと一緒は嫌《いや》ですか？　それとも何か問題が？」

「……いや、特に無いけど……」

あるとすれば、急にこんなことを言い出したその裏について問い質《ただ》したい気持ちなので、そのまま訊《き》くことなんて出来やしない。

それに……まあ、別に朋美と組んでも構わないし。こいつと一緒なら心強いから。

なので秋晴はそれ以上食い下がらず、代わりって訳じゃないだろうけど、ライバルなドリルさんが鋭い視線を向ける。

「随分と勝手なことを言いますのね、彩京《さいきょう》さん？　それは自分の方がリーダーシップに優れているという宣戦布告と受け取りますわよ……!?」

「いいえ、そんな意図はありませんよ。単に自分にとって好ましい構成を口にしただけで、他意なんて」

相変わらずな猫被《ねこかぶ》りのセリフに、上品な笑み。

そんなのいつものことだっていうのに、何故《なぜ》だかセルニアにたじろぐような気配が。

猪突猛進《ちょとつもうしん》、徹底抗戦が売りのドリルなのにどうしたことだろうと秋晴が眉《まゆ》を顰《ひそ》めていると、横合いから掴まれていた腕が引っ張られた。

「それでは、わたし達はもう行きますね。フレイムハートさん達とは別ルートになりますから、出口でまた会いましょう？」

「え、お、もう行くのかっ？　お、おいっ?!」

こちらの問い掛けに、朋美は無言のまま城門へと歩いて行く。せめて今一時《いっとき》、心の準備をする時間を与えて欲しいっていうのに、そんなの知ったことかと言わんばかりの足取りだ。

焦《あせ》った秋晴はちらちらと振り返るが、セルニアは強い眼差《まなざ》しをこちらに向けたまま唇《くちびる》を結んでいるし、大地《だいち》はノーリアクションのまま。

止めてくれる人はなく、もうどうしようもない状態で、

「それではお先に二名様、たっぷりと怖がりまくって下さいね～！」

無駄《むだ》に明るい係員の声を背に受けて、秋晴《あきはる》は半強制的に呪《のろ》われた城へと足を踏み入れることになった。

城の中は当然のように暗く、それでいてぼんやりと青白く光っている床《ゆか》や壁があったりして、ただそれだけで恐怖心を煽《あお》りまくってくれた。

西洋風のお化け屋敷だからか、蝙蝠《こうもり》の声と飛ぶ音がしたり、ギロチンが落ちるような刃物《はもの》が擦《こす》れる音が聞こえてきたりと、聴覚からも揺さぶってきて……これは確かに、相当なものだと思う。

それでも秋晴が何とか平静を保てたのは、やっぱりここは遊園地で、これがアトラクションだからだ。コースターと違って事故があっても死ぬことはないだろうし、セルニアが言っていたように本物じゃないと分かっているなら、耐えられないこともない。……うん、たぶん大丈夫だよ……な……？

「……しっかし、本当に手間が掛かってるな、これ」

じわりと浮かんでくる恐怖心を誤魔化《ごまか》すように呟《つぶや》くも、一歩後ろを付いて来ているはずの朋《とも》美《み》の返事は無し。

脅《おど》かすように派手《はで》に倒れる西洋甲冑《かっちゅう》やら何故《なぜ》か落ちている子供用の靴《くつ》やら、強弱をつけて仕掛けがあるから性質《たち》が悪い。一人で入っていたら、流石《さすが》に今みたく平気な素振りも出来なかったはずだ。

お茶会の準備がされたテーブル、ただし皿《さら》の上には手首が載《の》っているというおぞましい場所を出来るだけ見ないようにしながら秋晴は歩き続ける。

こういうのはあれだ、足を止めたら終わりだ。気になることがあっても気にせず、そして深く考えないのがコツですよ。あそこの壁、ぼんやりと蠟燭《ろうそく》に照らされて文字が見えるけど、きっとあれは道案内だ。赤黒い上に『Ｈｅｌｐ！！！』って書き殴《なぐ》られているよーに見えなくもないけど、これは『急募《きゅうぼ》！ シーズンにつき短期スタッフ募集してます！』みたいな感じの意味合いに違いないな、うん。

角を曲がった所にまた甲冑《かっちゅう》があって……よし、もう見ない。格子状《こうしじょう》になった面当《めんあ》ての奥で何かがギョロって動くなんて、そんなのあるわけが無い、無いったら――？

現実逃避《とうひ》が酷《ひど》くなってきたところにきた感触《かんしょく》に、秋晴はふと我に返って足を止めた。そして首を捻《ひね》って、まじまじと自分の背中を見る。

薄暗《うすぐら》くても腰辺《こしあた》りまでは何とか見えるし、それに確かな感触もあるので間違えようもない。でも、どうしてそんなことになっているのかはちっとも分からなくて、

「えーっと……朋美《ともみ》？」

「……なによ、文句でもあるの？」

いや文句はない、あるはずもない。ただ説明を求めたいだけで、それ以外に他意はありませ

んとも。

どうして急に……その、シャツを握ってきたのか、ということさえ教えてくれれば万事解決するんだけど……

ストレートに訊《き》くことが出来ないのは、やや俯《うつむ》き加減で自分を見上げる朋美《ともみ》の目が原因だ。猫背《ねこぜ》気味になっているだけでもらしくないのに、その拗《す》ねたような目はどーいうことだ？　新手《あらて》の罠《わな》ですか？

恐怖とは別の意味で心拍数《しんぱくすう》が上がってきて、秋晴《あきはる》はそわそわと視線を動かし甲冑《かっちゅう》の中の人と目があってまた慌《あわ》てて逸《そ》らした挙げ句、右の手で耳の安全ピンを触《さわ》りながら明後日《あさって》の方向を向いて、

「あー……その、あれだな？　迷子《まいご》になったら困るからな？」

「……言っている内容は意味不明だけど、何が言いたいかは伝わったわ」

何故《なぜ》か、朋美から不機嫌《ふきげん》そうなオーラが。

けどそれはすぐに収まり、『仕方ないなぁ』と言わんばかりのため息の後で、

「……とりあえず、歩く。進まないと、いつまで経《た》っても終わらないでしょ」

「あ、うん。了解」

「……全く、もう少し気が利いても罰《ばち》は当たらないわよ？　秋晴ってば、肝心《かんじん》な時に鈍《にぶ》いんだから駄目《だめ》なのよねー……」

たぶん独り言なんだろうけど、思いっきり罵倒《ばとう》されたような……あれ、何だろう、怖くても緩《ゆる》まなかった涙腺《るいせん》が急に熱く……！

ぐっと堪《こら》え、秋晴は『負けない、俺《おれ》は強い子……！』と自分に言い聞かせる。そうだ、いつまでも負けっぱなしでどうするんだ。たまにはやり返さないと、成功しないまでもそれくらいの気概《きがい》は見せないと。

よし——、と初心者の癖《くせ》にスキーで上級者コースに挑《いど》むくらいの気合いを入れて、秋晴は軽く後ろを振り返り、左の手を差し出して、

「ほら、どうせ掴《つか》まるならこっちにしとけよ。少しは怖くなくなるぞ——っと!?」

「…………っ」

余裕《よゆう》たっぷりな風を装いながら言っている途中《とちゆう》に、不意打ちで雷《かみなり》が鳴って血塗《ちぬ》られたステンドグラスが浮かび上がる演出が。

幸いにもあまり取り乱さずに済んで、格好の悪いことにならなくて良かったと秋晴は安堵《あんど》の息を……吐《つ》けなかった。

何故《なぜ》なら、左手に見過ごせない感触《かんしょく》があったから。

雷のタイミングとやや遅れて握られたそれに視線を落とし、それからもう一度朋美へと視線を向けて……それでようやく、秋晴はその可能性に気が付いた。

まさか、とは思うけど。よもやの事態だけど。

「なあ、朋美《ともみ》……お前、その、ひょっとして、本当に……」

感情では否定してもそうとしか考えられなくて、秋晴《あきはる》は口端《くちは》を引き吊《つ》らせながら、恐る恐る問い掛けてみることにした。

しかし肝心《かんじん》の部分を言う前に、朋美は拗《す》ねたような目でこちらを見上げて、

「――怖いわよ。悪い？」

「いえ、悪くないっす……」

腑《ふ》に落ちたけど納得いかない不思議な感覚のまま答えるも、朋美はむすっと唇《くちびる》を尖《とが》らせて
――突然響いた陶器《とうき》が割れる音に、ビクンと肩《かた》を震わせる。

その様子はいつもの朋美からは想像出来ないくらい弱々しくて……どちらかというと、鳳《フォウ》やみみなが似合いそうな怯《おび》え方だ。今のでさらに恐怖感が増したのか、こっちの左腕《うで》にしがみつくように体を寄せてくるし。

「……や、正直驚いた。てっきり、お前はこういうのが得意な方だとばかり」

服越しに朋美の体温を感じているからか、秋晴の方はあまり怖くなくなってきて、余計なことかなと思いつつ口が動いてしまう。

それに対し、潤《うる》んではいるけど抗戦の意思が汲《く》み取れる目がこちらを睨《にら》み、

「あのね、お化け屋敷っていうのは、ある意味心理学の粋《すい》を集めたものなのよ。幽霊《ゆうれい》が出ますよー、って言われているだけの曰《いわ》く付きな場所とは違って、仕掛け人が客を驚かせる為だけに

全力を注いでいるのよ？　それが怖くない訳が——ひぁっ!?」

「どうし——うお白骨《はっこつ》か。しかも下半身だけって、えらく怖いな」

「そんなこと言う割に余裕《よゆう》じゃないのっ……！」

抗議されるけど、それは身近にもっと怖がってくれている人がいるからだ。そうでなかったら、たぶん今ので膝《ひざ》に来てる。

ある意味恩人な朋美にしがみつかれている腕が汗ばんできたし痺《しび》れてきたけど、ここで文句を言う程《ほど》自分も愚《おろ》かではないというかそもそもこの腹黒に文句なんて言った日には……いやまあ、それは別にいいか。恐ろしいことは考えないようにしよう。

とにかく、秋晴は笑うでも勝ち誇るでもなく、怒らせなくても怖い朋美を出来るだけ刺激しないようにと心掛けて、

「俺《おれ》も怖いけど、一人じゃないからまだマシって感じだよ。……まあ、これでお前が強引に俺とペアを組んだのも納得いったな。こうなると推測していたから、セルニアや大地《だいち》と組みたく無かったわけだ」

それは怖々《こわごわ》と進みながらも気になっていたことなので、理由が分かってスッキリしたし、どこかでガッカリもしてる。

なんで微妙《びみょう》な気分にならなきゃいけないのか秋晴自身にも意味不明だけど、そんなことより気にすべき事態が発生した。

……あろうことか、黒いことで極一部《ごく》で有名な朋美様《ともみ》が、不機嫌《ふきげん》そうな目でこちらを見ていらっしゃっているという……

それだけでもう謝りたくなるけど、秋晴《あきはる》が口を開く前に、

「そういう納得のされ方、わたしとしては嬉《うれ》しくないわよ」

「うっ……でも、だな。実際、合ってるだろ？　俺《おれ》以外に、特にセルニアには弱点を知られたくなかったってことで――」

「確かにフレイムハートさんに弱みを見せる気なんて更々《さらさら》無いわよ――でも、それならどうして秋晴ならいいのよ？」

「……それは…………ん――……？……」

改めて訊《き》かれると、答えが出ない。

秋晴が首を捻《ひね》っていると、朋美《ともみ》はバサバサと風もないのにはためくカーテンを見て身を縮こませながら、

「弱みなんて、誰にも見せたくないわよ。でもね、どしても誰かを選ばないといけないなら、やっぱり信頼の置ける相手がいいじゃない。頼りになる……かどうかは微妙《びみょう》だけど、男の子だしね」

「……それって、俺が相手なら口止め出来るからってことか？」

「ふぅん……そういう風に受け取るんだ。秋晴ってば、なかなか苛《いら》つく存在よね？」

「いやそこで同意を求められても」

口振りだけならいつも通り硬軟《こうなん》織り交ぜつつ辛《から》い朋美にそんな返しをしながら、秋晴《あきはる》はそわそわする気持ちを抑《おさ》えつけるのに必死だ。

落ち着け自分、と言い聞かせてはいるけど、そう簡単にはいかない。もやもやっとした感情が膨《ふく》らんだり掻《か》き混ぜられたりして、もうここが怖いとか感じられなくなってるし。

朋美が言っているのは、あれだよな？　つまり幼馴染《おさななじ》みで信頼もしているから安心だ、ってことだよな？　それ以上の含みがあるように聞こえたのは、勘違《かんちが》いっつーか自惚《うぬぼ》れ………なの、か？

「……ふんだ。どうせ抱《だ》き付かれるんだったら、フレイムハートさんの方がいいとか思ってるんでしょ。暗い中で、あのおっきな胸が腕《うで》で押し潰《つぶ》される感触《かんしょく》を存分に楽しみたかったんでしょ。それってもう犯罪よね」

「か、勝手に想像しておいて蔑《さげす》んだ目で見るなよっ」

「慌《あわ》ててるってことは図星《ずぼし》って証拠《しょうこ》——きゃあっ!?」

急に足下を生暖かい風が通り抜けたので、朋美は小さく悲鳴をあげて警戒《けいかい》モードに入る。けど、秋晴はそれどころじゃない。

……全く、誰のせいで慌てていると思っているんだか、この腹黒は。確かにセルニアに抱き付かれるってのは魅力《みりょく》的なプランだけど、そんなことよりこの会話の方がよっぽど心臓に悪いってことに、どうして気付きやがらないのか。

それに……こうしてしがみつかれていると、朋美《ともみ》だって十分過ぎるくらいに柔らかくて、嫌《いや》でも意識させられる。普段はあまり考えないで済むけど、やっぱりこいつは女の子で、しかもお化け屋敷で怖がるような一面も持っていて、どうやら頼りにもされているらしくて。

——そんな状況で平静でいろっつー方が、まず無理だって！

心の中で思いっきり叫ぶけど、怖いのとふて腐《くさ》れるのとで忙しいらしい朋美は、どーにも察してくれる気配はなく。

数学者が十数年がかりで解く難しい定理を突きつけられたような心境の秋晴《あきはる》は、バイトらしい白面《はくめん》と血染めの斧《おの》を装備した男が逆にこちらを見て一目散《いちもくさん》に逃げ出すくらいの険しい目つきで、残りの十分弱を歩き続けることになった。

◆　　　　　　　　　　◇

「残すところ、あと一つですわね」

もう既《すで》に達成感らしきものが含まれているセルニアの言葉に、秋晴はゆっくりと頷《うなず》いた。

『トライアクアランド』遊園地エリアにある二十七のアトラクションも、最後に残しておいた観覧車《かんらんしゃ》に乗ればコンプリートだ。『グランドホイール』という三大アトラクションの一つで、高さは約百二十メートル、一周するのに十七分近くかかるという大きなものだった。

高いところは苦手だけどのんびりと景色を眺《なが》めることが出来る観覧車は割と好きなので、秋晴は最後がこれで良かったと思う。ただ、実はもう一つ理由があるんだけど。

それは何かというと――

「まだ夕暮《ぐ》れには早いのが、少し残念ですね。夜景というのも良さそうですし……それはまた後日のお楽しみになりますね」

暗がりで怯《おび》えていた姿はどこへやら、すっかり優等生の皮を被《かぶ》り直した朋美を見て、秋晴は改めて安心する。

――『ブラッディナイトメア』から出て以来、アトラクションに乗る際、意識的に朋美の隣《となり》にならないようにしていた。

何故《なぜ》かと訊《き》かれると、自分でもハッキリは分からない。感覚としては、あれだ。些細《ささい》なことで口喧嘩《げんか》して別れた翌日に近い。顔を合わすと気まずくて、何を話せばいいのか上手《うま》く摑《つか》めなくて、どうしようもなくそわそわしてしまうあの感じに。

わだかまりみたいなものは無いけど、それでも意識しまくっているのに変わりはないから、もうどうしていいのやら。そんな状態だったので、四人一緒に一つのゴンドラに乗ることが出来る観覧車っていうのは、本当に有り難い。

他《ほか》のアトラクションに比べるとそれなりに客が並んでいたので、現在順番待ちの最中《さいちゅう》。とはいえ、もう前には数組しかいないっぽいので、あまり待たずに乗れるはずだ。

女子二人はまだまだ元気で、逆に後ろにいる一番体力があるはずの大地《だいち》はやや表情に疲れが見える。やっぱりこういう所だと男の方が消耗《しょうもう》が激しいらしい。もしかしたら大地の場合、初めての遊園地にはしゃぎすぎたのかもしれないけど。そんな素振りは見せないヤツだから、実際どうだったのかは寮に戻ってから訊《き》いてみることにしよう。

右の人差し指で手すりをトントンと叩《たた》きながら既《すで》に本日のまとめっぽく秋晴が考えていると、不意に「そういえば、」とセルニアがこちらへと顔を向けてきた。

「チケットをプレゼントしてくださったエストーさんに、何かお土産《みやげ》は買わないんですの？この規模のアミューズメントパークなら何かしら売っているでしょう？」

「そうですね、確か入場ゲートの近くにお店がありましたよ？」

「土産……そうだな。菓子《かし》か何か……それともマスコットキャラの耳付き帽子《ぼうし》でも買ってみるかな。あの姫《ひめ》さんなら喜びそーだ」

「フン、センスの無い男ですわね。やはりここは、特製の水時計がベストですわ。模型もなかなかに捨て難いですけど」

「……流石《さすが》、どことなく昭和のセンスを感じさせるヤツだな」

「なっ⁉　ちょっと秋晴、今のは聞き捨てなりませんわよっ⁈」

素直な感想を口にしただけなのに、あっさりキレられた。相変わらずこのドリルは直情的過ぎだ。カルシウムが足りてないのか？　栄養は……あの胸を見る限り、たっぷり足りているみたいだけど。

果たして牛乳を飲めというのはセクハラと認定されるのだろーかとどうでもいいことを考えながら、秋晴《あきはる》は視線の先に困ったような顔をしている係員の姿を見つけ、馬鹿思考と無駄話《むだ》を中断。

今にも地上に着きそうなゴンドラを指差して、

「ほら、もう次は俺《おれ》達の番だぞ。前を向け、前を」

「ッ、分かってますわよ！　この続きは、上空で存分に……」

ぶつぶつと呟《つぶや》きながら前へと詰めるセルニアに、その隣《となり》で苦笑する朋美《ともみ》。

ゴンドラの中でそこまで不毛な会話に花咲かせたくなんてないなーと思いながら、秋晴は遅れないよう前へ、

「うおっと……!?」

「日野《ひの》っ……?!」

――踏み出そうとした瞬間《しゅんかん》、足を引っ張られたような感覚が走り、体勢を崩《くず》してしまう。

何とかその場にしゃがみ込むだけで済ますことが出来たけど、もう少しで転ぶところだった。

足元を見れば、原因はすぐに判明した。いつの間にか解《ほど》けていた靴紐《くつひも》を、これまたいつの間にか大地が踏んでしまっていたらしい。

「わ、悪いっ」

「あー、いや、平気だ。しかし、危なかっ――」

安堵《あんど》の息を漏《も》らした、その刹那《せつな》。

吹き出た冷や汗を拭《ぬぐ》いながら前へと視線を移した秋晴《あきはる》が見たのは、朋美《ともみ》とセルニアが乗り込んだゴンドラが乗降口を離れそうになり、間一髪《かんいっぱつ》で係員が扉を閉めることに成功するという場面だった。

…………………わぁ、乗り損ねちゃった。

しかも一番まずい二人だけを乗せての出発という、最悪の形で。

目を丸くして口元に手を当てている朋美と愕然《がくぜん》とした表情のセルニアを見送るような形になって、秋晴は慌《あわ》てて立ち上がる。

――けど、観覧車《かんらんしゃ》は急に止まらない。ましてや、逆回転もしてくれない。そんなこと起きたらそれは事故だし。

「……あのー、乗らないんですか？」

呆然《ぼうぜん》として上がっていくゴンドラを見ていたところに係員が気まずそうに声を掛けてきて、ようやくで秋晴は我に返った。

「あー……どうなってるんだろうな、一体……」

慌《あわ》てて次のゴンドラに大地《だいち》と乗り込むことには成功したものの、覆水盆《ふくすいぼん》に返らずというか、状況を覆《くつがえ》すことは勿論《もちろん》出来なかった。

なので秋晴は時々窓から頭上を見上げ、先行しているゴンドラの様子を気に掛けるだけしかやりようがない。

あんまり揺れてないみたいだし、取っ組み合いのケンカをしていないのは分かるけど……それだけしか分からないしなぁ。もしかしたら口論の真《ま》っ最中《さいちゅう》かもしれないし。

そわそわと落ち着かずにいた秋晴は何度も何度も上の様子を窺《うかが》ってしまう。一方、初めての観覧車に緊張しているのか大地も座ったまま一言も喋《しゃべ》らない。

そんな状況が五分以上続いて……秋晴は深く息を吐《は》いて、どっかりと座席に背中を預けた。ようやくだけど、諦《あきら》めがついた。もう無理、何も出来やしない。携帯で電話して様子を窺《うかが》うって手も考えたけど、きっと藪蛇《やぶへび》になるだけだ。

こうなったらスッパリ忘れて、空の散歩を楽しむしかない。……まー、ここに至るまで少し時間が掛かりすぎたよーな気もするな。

自分の情けなさに苦笑気味に秋晴が笑うと、

「――日野《ひの》」

「ん？　どうした、何か見えたか？」

外を見たままじっと動かずにいた大地《だいち》が、やっぱり視線は変えないまま、ぽつりと呟《つぶや》いた。

「その……改めて言うのもおかしい気もするが、言わせて欲しい。今日、ここに誘《さそ》ってくれたことを、凄《すご》く感謝している」

「あー……いや、どうせ余るチケットだしな。皆で行った方が楽しいだろ?」

「分かっている。でも、僕はここに来れて良かったと心の底から思っているんだ。だから礼を言わせてくれ」

真面目《まじめ》な大地《だいち》だから出たその言葉に、秋晴《あきはる》はどう返したらいいのか分からない。

沈み始めた夕日に照らされてやや赤みの差した大地の横顔を見て、言うべき言葉に迷ったまま、口を開けたり閉じたりして……

——結局、そのまま何も言わないことにした。

たぶん言葉を返す必要はないんだろうと、そう感じて。

地上に着くまで、あと十分ちょっと。

さっきより柔らかくなった空気の中で、少しでもこのゴンドラからの眺《なが》めを楽しまないと損だと、秋晴は思考を放棄《ほうき》して遠景を見つめることにした。

◆　　　◇

最後の最後で面白いものが見れたなぁ——と、朋美《ともみ》はご満悦だった。それを表情に出さないのは、優等生としての嗜《たしな》みだ。

特に、向かいに座っている彼女の前では、そう易々《やすやす》と相好《そうごう》を崩《くず》すことなんて出来やしない。

同性からすればとても羨《うらや》ましい、長くて綺麗《きれい》な金髪《きんぱつ》を豪華《ごうか》に巻いたセルニア＝伊《い》織《おり》＝フレイムハートは、下界を見下ろしながらぶつぶつと呟《つぶや》いている真《ま》っ最中《さいちゅう》だ。

「……全く……あの庶民《しょみん》は、どうしようもありませんわね……」

何とか聞き取れるくらいの声には同意を示すしかないけど、流石《さすが》に聞き飽《あ》きた。そろそろゴンドラは半周するけれど、もう何回聞いたものやら。

当然のように、朋美《ともみ》とセルニアの間に会話はなかった。まあ、それも仕方がない。まだ十六歳《さい》の自分達にとってとても貴重《きちょう》な三年という長い時間、敵《てき》対関係にいたのだから。それに……その関係を崩《くず》すつもりもないことだし。

——ただ、少し進展させても良いかもしれない。

それは夏休みの途中《とちゅう》からずっと思っていたことで、この状況は良い機会だ。邪魔《じゃま》の入りようもない、地上から百メートル以上も離れた個室の中。この前の体育祭といい、面白い流れになっているものだ。

偶然出来上がったこの状況を、朋美は心の底から楽しく感じて、クスッと小さく笑う。

それが耳に届いたのかセルニアの顔がこちらに向いたので、早速仕掛けてみることにした。

「——一つ、フレイムハートさんに訊《き》きたいことがあるんですけど、宜《よろ》しいですか？」

「……何ですの？」

そう返す彼女の目にはたっぷりと疑念が浮かんでいて、とても可愛《かわい》い。

ついつい笑みが深くなりそうになるのを抑《おさ》えて、朋美は出来るだけ素《そ》っ気《け》なく問いかける。

「先程《さきほど》、秋晴《あきはる》くんのことを名前で呼んでいましたよね？　何か呼び方を変えるような、心変わりするようなことでもあったんですか？」

——目に籠《こ》もっていた力が、強まる。けれど同時に動揺も走る。

はてさてそれにどんな意味があるのだろうかと考えている内に、むすっとした返事が来た。

「……別に、特に何もありませんわ。貴女《あなた》も名前で呼んでいるじゃありませんの」

「ええ、そうですね」

「…………？」

勿体《もったい》つけるようにそれだけ返すも、セルニアの疑念は深くなっただけのようだった。『この女は一体何を考えているのか』と問い質《ただ》したげな目に、朋美は柔らかく受け流すような微笑《ほほえ》みを浮かべるだけだ。

短いやり取りだったけど——うん、これで十分。推測していたのと、ほぼ一致するはずだ。

二学期になって、そしてこの間の体育祭で争って……その間、朋美はセルニアのことを見てきた。それまでより深く、特に幼馴染《おさななじ》みと一緒にいる時は。

だから薄々勘付《うすうすかんづ》いてはいたけれど……これで確信出来た。

きっと彼女は、分かっていないのだ。秋晴《あきはる》との距離が縮まっていることも、その意識の仕方を普通の人ならどう判断するものかも。

如何《いか》にもセルニアらしいけど……そこは朋美《ともみ》も、あんまり笑えない。自分の場合、秋晴が好きなんじゃないかなぁ、という自覚こそあるけれど、それがどんな種類の好きなのかはまだ未確定なのだから。

まあ、でも──強烈に意識はしている以上、いつ気付いてもおかしくない。

そうなったら……うん、それはそれで見物《みもの》だけど、あんまり楽しく傍観《ぼうかん》していられる状況でもないな。

──だから朋美《ともみ》は不審《ふしん》そうな目を向けてくる彼女に、こう言った。

「わたしのことも、名前で呼んで貰《もら》えませんか？」

「なっ……何ですの、急に……？」

「急かもしれませんね。でも良い機会です、そろそろ名前で呼んでくれてもいいと思いませんか？」

澄《す》んだ表情を心掛けているので、こちらの意図は全く分からないはず。

それを確信させるように、セルニアは眉《まゆ》を顰《ひそ》めてこちらを睨《にら》む。

「……貴女《あなた》、昔自分が言ったセリフを覚えてませんの？」

「さあ、何のことですか？」

「ッ、中等部の時のことですわよっ。同じクラスになって、私が名前で呼ぶよう言った時、貴女は何と言いまして!?」

当然、朋美は覚えている。それがセルニアを敵《てき》と見なした切っ掛けだ、忘れようにも忘れられない。我ながらしつこい性格だな、と呆《あき》れはするけれど、今更直そうとも思わない。

なのでにこりと微笑《ほほえ》み、悪意など微塵《みじん》も出さずに言葉を発した。

「確か——『特に親しくもないフレイムハートさんを名前で呼ぶ気はありません』、と言いましたよね？」

「ッ……その通りですわ！　それが今更、」

「ええ、今だからです。親しく……なったかどうかわたしには判断出来ませんけど、少なくとも他人とは判断出来ません。きっと、わたしは、一生貴女のことを忘れることは無いと思いますよ」

「…………?!」

目を見開いた彼女に、朋美はさらに追撃《ついげき》の言葉で畳《たた》み掛ける。

「三年経《た》って、これだけ縁《えん》が深くなったんです。だから貴女に名前で呼んで貰《もら》いたいと思うようになったんですよ——セルニアさん」

「………………またいつものように、からかっているのではなくて？」

「いいえ、そんなことはありませんよ。単にフレイムハート家の息女《そくじょ》である人物というより、セルニアさんという個人の方が、わたしにとって認識の比重が強くなっただけです。……やっぱり、三年というのは長いですね」

いけしゃあしゃあとそんなことを言える自分はかなりどうかと思うけど、やっぱり顔には出さない。全部が嘘《うそ》じゃないから、きっと許されるはずだ。

本当は、初めて会ったその時から、家名以上にセルニア個人が眩《まぶし》くて仕方がなかった。そんな恥ずかしいこと、とてもじゃないけど言えないし。

──しばらくの間、セルニアはじっとこちらを見ていた。

ゴンドラが一番高いところを通過して、ゆっくりと高度を落とし始めて、それからさらに数分が経《た》って。

それだけの時間の後で、セルニアは小さく鼻を鳴らし、口を開いた。

「フン……なら、これでようやく対等に戦えるということですわね」

「さあ、それはどうでしょう？　どちらが上か下かなんて、わたしは興味ありませんし」

これは勿論《もちろん》、大嘘《おおうそ》だ。

けれどセルニアは予想通りに眉《まゆ》を怒らせ、

「ッ、本当に良い度胸ですわねっ！　体育祭の時のように、また近い内に貴女《あなた》を倒して見せますわよ………朋美《ともみ》、さん」

「はい、楽しみにしていますね」

そんな、皮肉に満ちた返事をしながら。

体を包み込むような達成感に、演技ではなく朋美《ともみ》は微笑《ほほえ》んだ。

残り僅《わず》かになった観覧車《かんらんしゃ》での時間を、朋美は窓の外を見ながら過ごした。

——呪《のろ》われた城をモチーフにしたお化け屋敷で、確信したことがあった。

秋晴《あきはる》も……自分の幼馴染《おさななじ》みも、自分やセルニアと同じだ。強烈に意識していて、そして好意には違いないのだけれど、それが恋愛感情と自覚して呼べるものには育ってなかった。

けど、初めから心の距離が近かった自分より、後から接近してきたセルニアの方に強く意識を引かれているのも分かった。

だからお化け屋敷は本当に怖くて大変だったけど、頑張って思わせぶりなことを言って揺さぶりを掛けて、少し勝負を分からなくしてみたのだ。

もっと分かりやすく迫るというプランもあったし、そうすることで秋晴に好きになって貰《もら》う自信もそれなりにあったけれど……朋美はその選択を取らなかった。

理由は簡単、自分がまだ秋晴と付き合いたいと思っていないから。好きにさせてから好きになるという手もあるけれど、これでも高校生で夢も見たい年頃だから、恋愛にはある程度真摯《しんし》に向き合いたい。……自分なりに、だけれど。

だから牽制《けんせい》だけしておいて、セルニアの方には、秋晴だけに特別な意識を持たないように同時期に自分も名前で呼んで貰《もら》うようにして。

これくらいの小細工《こざいく》なら、まあ可愛《かわい》らしいものじゃないかなぁ、と思う。

セルニアが恋心を抱《いだ》く前に、彼女の家の問題を強く意識させるという反則技は使わなかったのだから、まだまだフェアプレーのはずだ。

他《ほか》に秋晴を好きになる人が出てきても、それでいい。同じ部屋で寝起きしている『彼女』なんてかなり危険だけれど、妨害《ぼうがい》はしない。……まあ、その、ちょっとお邪魔《じゃま》くらいはしてしまうかもしれないが、それはそれで。致命的なことをするつもりはないということで。

競争率が高くなっても構わない。むしろその方が燃えるくらいだ。我ながら厄介《やっかい》な性格だなあ、とは思うけれど、実際楽しいんだから仕方がない。

要は、勝てばいいだけのこと。

ならば自分なりに正々堂々、反則以外の手札を用いて戦うだけでいい。

……まだ、全力を以て戦うと決意するだけの想いはないけれど、その時のことを想像すると――うん、凄《すご》く楽しい。

思わず小さく笑い声を漏《も》らしてしまい、セルニアから変な目で見られてしまったけれど、今の朋美には全然気にならなかった。

「……せやから、オレが悪いんとちゃうんや。思わせぶりな態度やったんやで？　家業がヤクザ屋さんやって言われても、それがなんやって笑い飛ばす男気まで見せたんやで？　……なのに……それなのに……！」

「あー、あー、分かった分かった。でも良かったな、プールにコンクリート漬《づ》けで沈められずに済んで」

疲れた体で適当に返しながら、涙《なみだ》ながらに今日の成果を語る轟《とどろき》のコップに、秋晴《あきはる》は麦茶を注いでやった。これで出した水分を補給しとけよ、という意味で。

夕食の後、男四人でロビー奥の談話室を陣取《じんど》り自然とそれぞれの感想を語り合うことになったのだが、案の定というか轟の独演会みたいになっていた。三家《さんけ》は苦笑しながら相槌《あいづち》を打つけど、大地《だいち》は黙《だんま》りを決め込んでいて、実に賢い。麦茶で酔《よ》っ払える馬鹿とまともに向き合うなんて、よっぽどのお人好し以外には出来ない芸当だよ。

そうではないと自負する秋晴は完璧《かんぺき》に聞き流す体勢になって、たまに適当なことを言うものの、意識は別のところにやっていた。

――遊園地で最後に乗った観覧車《かんらんしゃ》でちょっとしたハプニングが起きて、男女別でゴンドラに乗り一周した後。

どういうことなのか、朋美《ともみ》は満足そうな笑顔で、セルニアはやや清々《すがすが》しい表情で、地上で出迎えてくれた。

あの二人がゴンドラでどんな話をしてああなったのか……凄《すご》く気になるんだけど、訊《き》くに訊けない。なんだか『暗黙の了解が働いてますよ』みたいな空気があって、触《ふ》れるに必要な勇気が足りなかったので。

轟達と合流する間も、朋美が用意してくれた帰りの車の中でも、ずっとそのことを考えて……それでようやく、答えが出た。

――女達の秘密には、首を突っ込まないのが得策だ。

悟《さと》りの境地としか言い様《よう》のない回答に、ヤバイ俺《おれ》カッコイイんじゃないかと思うくらい自画自賛して落ち着いたものの……やっぱり、どうしようもなく気にはなってしまう。

きっと明日《あした》か明後日《あさって》にはすっかり忘れているはずだ。あの二人が『セルニアさん』『朋美さん』と呼び合うようになっていたのも、すぐに気にならなくなるだろうし。

コースターで震えていたセルニアの横顔も、暗い城の中でしがみついてきた朋美の感触《かんしょく》も、以下同文のはず。

…………そう、分かってはいるし、納得もしているのに。

「……やっぱ、気になるなぁ……」

「おうっ⁉　なんやあっきー、遊園地で気になる美人さんでもいたんかっ⁈　よっしゃ吐《は》け、まずは芸能人に喩《たと》えるところから吐いてまえっ！」

「だああっ、うっせぇぞフラれ野郎《やろう》め！　お前は涙《なみだ》でプールを作った挙句《あげく》にそのまま溺《おぼ》れるまでフラれ続けてろ！」

「ひ、酷《ひど》っ⁉　ストレートに酷っ！　そして痛あっ⁈」

もやもやをぶつけるように、ゲシゲシと轟《とどろき》を蹴《け》りまくってやり。

つくづく青春な悩み事には向かない寮だよなー、と秋晴は思い知らされた。

番外編

ドキドキ密着授業☆ルームメイトと秘密の特訓!?

「――それじゃ、いいか？」

確認の声を掛けると、ベッドの上で向かい合っていた大地《だいち》の肩《かた》が小さく跳《は》ねて、明らかに強《こわ》張《ば》った表情になった。

緊張してるんだな、と当たり前の感想を抱《いだ》いた秋晴《あきはる》は、

「ほら、もういいだろ？　寝る時間がどんどん遅くなるぞ」

「そ、それは分かっている……が……」

「大体、お前が言い出したことだぞ？　いい加減、覚悟《かくご》決めろって」

「…………し、しかしだな……」

いつもは割とクールなヤツなのに、物凄《すご》く煮え切らない態度になっている。なんか目を伏せて、忙《せわ》しない感じで両手をわきわきさせてるし。

このまま五分でも十分でもまごついていそうな雰囲気《ふんいき》に、秋晴は強硬手段を取ることにした。

「もう待てない。始めるぞ」

「な、待っ…………ひぁ!?」

残念ながら待ったなしで、秋晴はさくっと訴えを無視。ぐっと身を乗り出して、大地の手を摑《つか》んだ。

小柄《こがら》な体に似合った小さくてほっそりとした手は驚くくらい熱くて、しかも大地の大きく見開かれた目はちょっと潤《うる》んでいたりして……なんだろうな、この反応？

「……も、もういいだろう？　今日のところは、これくらいで……」

何だかもやっとした感情に首を傾《かし》げていると、どんどん顔が赤くなっている大地が唇《くちびる》を震わせながら、そんなことを言い出した。

しかし秋晴はハッキリと首を横に振って『駄目《だめ》』と意思表示。

「まだ始まったばかり……というか、始まった内にも入らないぞ」

「そ、そんなっ……」

「いいから、ちょっと大人《おとな》しく我慢《がまん》してろ。悪いようにはしないから」

言いながら、左手を大地の首筋にそっと手を宛《あて》がう。

瞬間《しゅんかん》、大地の体が大袈裟《おおげさ》なくらい跳《は》ねたのが両手から伝わって来る。

「ひ、ひ、日野《ひの》っ……!?　流石《さすが》に、それは……っ」

「大丈夫、大丈夫。まだまだ問題ない」

何の根拠《こんきょ》も無いけどそう言って、続行。

首筋に当てていた手を軽く滑《すべ》らせ、肩《かた》の方へと――

「だっ――駄目だ！」

そう叫ぶが早いか、大地は秋晴の手の中から一瞬《いっしゅん》にして抜け出した。

そして自分のベッドの上に座り込み、上着にしていた丹前《たんぜん》の前を引っ張るようにしてガードを固め、今にも火を噴《ふ》きそうなくらい赤くなったまま肩を上下させて――まるで暴漢に襲われましたと言わんばかりの様相だ。心外《しんがい》すぎる。

しかし、まだ初日とはいえ……ここまで重症っていうのは、想像以上だ。

「はー……難儀《なんぎ》なことになったもんだなぁ……」

こんなことをする羽目《はめ》になった原因を思い出しながら呟《つぶや》いて、秋晴《あきはる》はそのままベッドに倒れ込んだ。

◆　　◇

二学期になってほんの少し本格的になり始めた従育科の授業は、また新たな段階に進んだらしい。

まー、いつものように執事服メイド服の制服姿じゃなくて、柔術着《じゅうじゅつぎ》に袴《はかま》という格好で格技場に集められればそうと分からない方がおかしいか。

「それでは、今日から護衛訓練を始めます」

一人だけ普段と同じ藍色《あいいろ》のメイド服を着ている深閑《みかん》は、そっとフレームの細い眼鏡《めがね》を指で押し上げて、宣言した。

整然とした声は板敷き半面、畳《たたみ》敷き半面の格技場によく響くけど、それ以上に裸足《はだし》で立つ板敷《じ》きの床《ゆか》の冷たさが強烈すぎだ。氷でも張ってるんじゃないかってくらいの冷たさで、おまけに窓もいくつか開けられてるし。

それでも秋晴は奥歯を噛《か》み締めて、格技場の温度を下げるに一役買っているに違いない深閑の言葉に耳を傾ける。

「何事も基礎は必要です。不測の事態はいつでも生じますし、いざという時に頼れるのは己の体です。ですから護衛訓練は、無手《むて》による組み討《う》ちでの捕縛術《ほばくじゅつ》から開始します」

「……あの、なんで捕縛なんですか？　取り押さえるよりも、ぶつか蹴《け》るかして倒してしまう方が簡単なような気もするんですけど……」

恐る恐るといった感じで手を上げた三家《さんけ》の言葉に、深閑は表情を変えないまま僅《わず》かに首を左右に振った。

「打撃《だげき》で敵《てき》を倒すというのはかなりの修練を必要とします。他《ほか》の授業もある以上、在学中に一撃必倒《いちげきひっとう》のレベルにまで上達することは困難でしょう。ですからまずはコツを摑《つか》み易《やす》く確実性の高い、崩《くず》しから相手を取り押さえる技術を学んで貰《もら》うのです」

説明を聞いて、秋晴はなるほどなーと小さく頷《うなず》き——その拍子《ひょうし》に、隣《となり》にいる大地《だいち》の様子がちょっとおかしいことに気が付いた。

やや女顔だけど凛々《りり》しく整った表情なのは、いつもと同じ。だけど、目元の辺りが少し硬いような、どことなく緊張しているような感じがする。

まあ今日からの授業なんだし、この寒さだし、別におかしいことではないはずだけど……それでも、ちょっとだけ気になる。

ここでは数少ない同性で、友達で、しかもルームメイトだ。悩みがあるんなら解決の手助けぐらいしてやりたいけど……大地《だいち》は微妙《びみょう》に秘密主義なところがあるし……こっちの思い過ごしって可能性もあるからなぁ……

さてどうしたもんだろうと秋晴《あきはる》は考えを巡《めぐ》らそうとして、

「では、模範演武《もはんえんぶ》を行います——日野《ひの》さん、前に出て来て下さい」

……自分がどえらいミスをしていたことに、ようやくで気付いた。

そうだ、今は深閑《みかん》が説明をしている真《ま》っ最中《さいちゅう》だった。それなのに他《ほか》に気を取られるような素振りを見せれば、あの高性能で高感度なメイド教師が察知しないはずがない……！

後悔するけど、もう遅い。呼ばれた以上は前に出るしか道はなく、深閑のいる畳《たたみじ》敷きのエリアに移動する。

秋晴が心の中で十字を切って『どうか五体満足で終わりますように』と身の安全を祈っていると、

「——まず、背後に主人を守っている状況で不審《ふしん》人物が駆《か》け寄ってきた場合です。難しくはありません、良く見ていて下さい。……それでは日野さん、私に襲《おそ》いかかって来て下さい」

「え……あー…………了解」

相手は深閑だから、万が一にも怪我《けが》をさせてしまうってことはないだろう。それでも躊躇《ちゅうちょ》してしまうのは、女に襲いかかるっていうシチュエーション自体が嫌《いや》なのと、これから食らうだろうカウンターの結末が容易に想像出来るからだ。たぶん、ゴギッとかグギョッとか、そんな感じの効果音が出るんだよ……自分の体から……

そんなの嫌すぎるけど、でもまあやるしかないんだよなー、と投げやりになって。

結局、秋晴は真っ正面から押し倒すつもりで向かって行った。

元々近距離にいたのですぐに距離は詰まるのに、対する深閑はこちらを静かに見つめたまま微動だにしない。うわおいこれもしかしたら本当にヤバイんじゃないかと焦《あせ》りながら、肩口辺《かたぐち》りを押そうと手を伸ばし——

藍色《あいいろ》のメイド服に触《ふ》れるか触れないかという瞬間《しゅんかん》、深閑の体が消え失《う》せた。

「こうして、暴漢の動きを見切り、」

「お——のわぁっ?!」

しかもそれに驚く間もなく、秋晴の視界がぐるりと縦《たて》にほぼ一回転。

何かが右腕《うで》と左足に触れたような微《かす》かな感触《かんしょく》だけだったのに、体は宙に放り出されてコントロール不能になって、

「うくっ……!?」

畳の上に俯《うつぶ》せになって落ちて、その衝撃《しょうげき》で一瞬《いっしゅん》呼吸が止まり——

「相手の動きを利用して倒した後、上手《うま》く体を使って両腕の自由を奪います」

そして、背中にのしかかる感触《かんしょく》が。

深閑《みかん》が密着しているとすぐに分かって、秋晴《あきはる》は押さえ込まれた状態から逃げようと藻掻《もが》く
……けど、まるで自由は利かない。

いつの間にか右腕《うで》は背中側でくの字に折り畳《たた》まれていて、深閑の体に挟《はさ》まれて思うように動かせない。左腕も、手首をガッチリ摑《つか》まれて固められてるし……これは駄目《だめ》だ、もうどうにもなりそうもない。

たぶん本当ならもっと強烈に関節を極められるんだろうけど、自分が生徒でこれが見本だから加減してくれているのかもだ。投げられた時も衝撃《しょうげき》こそあれど殆《ほとん》ど痛くなかったし。こうも手玉に取られると、抵抗する気も失《う》せる。

「——これはあくまでも手本です。皆さんの場合、しっかりと相手の動きを見て、攻撃《こうげき》の際に避けながら服や体の一部を摑んで押すなり引くなりをしてバランスを崩《くず》し、きちんと地面に倒すことが重要です。押さえ込む時も、しっかりと自分の体重を……」

「……っ!?」

説明しながら、深閑がそれまで以上に体を密着させてくる。

上手《うま》くやってくれているようで、腕や肩《かた》に痛みは走らないものの……その、手首を挟み込む感じで、左右からとても柔らかな感触が……!

これは、凄《すご》い、包み込まれるというか呑《の》み込まれるというか、互いに服を着ているとは思え

ないようなふんわり感が。柔術着《じゅうじゅつぎ》って結構厚い生地《きじ》だっていうのに、薄布《うすぬの》一枚しか隔《へだ》ててないみたいに、ビーズクッションやウォーターベッドよりも柔らかくて変化に富んだ物体が密着しているのが分かるっつーのは、

「――それとこれは余談ですが、この際に肘《ひじ》の角度を少しずらすだけで、」

「え……ぎぉぉぉぉぉぉぉぉぉあだぐ無理無理むっ……!?」

「このように、さほど深刻なダメージは残さず痛みを与えることが出来ますので、敵《てき》に口を割らせたい時に使用して下さい」

そんな解説をしながら深閑はそっと体を離して立ち上がるけど、解放されたところで秋晴は動けない。正確にいうと、右腕を抑《おさ》えたまま痛みに耐えて震えているだけで精一杯で、立ち上がる気力なんてどこにもないです。

最後のは、明らかに蛇足《だそく》だったはず。つまりあれか、下で組み伏せられている自分がどんな感想を抱《いだ》いていたのか悟《さと》られたのか。深閑ならそれくらい出来てもあんまり不思議じゃない。ただ、向こうからの指名だったのにこれは、ちょっと酷《ひど》い気が…………でもどちらかといえば得した気分の方が強いよーにも……

「それでは、まずは男女に分かれた後に二人一組となり、崩しから抑《おさ》え込む練習を始めて下さい。抑え込まれる方は無理しない程度に抵抗を、抑え込む側の方は関節を極めることよりも己の体で相手の自由を奪う位置取りに気を配りながら励《はげ》んで下さい」

思春期らしい馬鹿なことを考えている間にも授業は進んでいくので、おちおち倒れてもいられない。

幸いにも痛みはすぐ引いたので腕《うで》を擦《さす》りながら立ち上がり、秋晴《あきはる》が固まっていた男グループに近付いて行くと、それに気付いた三家《さんけ》が労《いたわ》るような優しい笑みを浮かべて迎えてくれた。

「お疲れさま。やっぱり、深閑《みかん》先生は凄《すご》いね？」

「ああ、そうだな。かなり凄かった…………色々と」

最後の一言はごく小さな声で言ったのでどうやら三家には聞き取れなかったらしく、尊敬の眼差《まなざ》しをメイド服の万能《ばんのう》教師に注いでいた。まー、初心《うぶ》な三家に説明したら鼻血出して倒れかねないから、良かったというべきか。

そしてその手の話が大好物な似非《えせ》関西弁男はというと、何やら口惜《くちお》しそうに口元を歪《ゆが》めて頭を掻《か》き、

「くぅ……なんでやねん、折角《せっかく》の男女が組んず解《ほぐ》れつ仲良くキャッキャとやれる機会やっちゅうのに、ここぞとばかりに男女別やねんな……！」

「いや普通だろ。お前みたいなエロ男爵《だんしゃく》と組みたい女子はいないだろうし……それだけじゃなくて、男女の体格差があるから初《しょ》っ端《ぱな》の練習で無差別にはやらんだろ」

「正論なんて聞きとうないっ。オレが求めているのはあくまでもファンタジーの現実化なんや！　男同士の汗臭《くさ》い青春なんてノーサンキューすぎるわ！」

その点に関しては秋晴も同感だけど、うっかり頷《うなず》くと自分の評価がガタ落ちしそうなのでスルーを決め込むことにする。

「……ま、授業が進めば男女混合の機会もあるだろーさ。そんなことでギャーギャー言うのはそろそろ止《や》めにして、さっさとこっちも始めるぞ」

さっきから深閑の視線がこちらを向いていることには気付いていたので、秋晴は轟《とどろき》達にそう促《うなが》してから大地《だいち》の肩《かた》をポンと叩《たた》き、

「っし、俺《おれ》達は向こうでやるぞ。広くてやりやすそうだ」

「…………あ、ああ……」

微妙《びみょう》に歯切れの悪い大地の返事を聞きながら、隅《すみ》の方へと移動する。

本当は指導をしてくれる深閑の近くがいいんだろうけど、相手が大地なら問題なし。弱点あんのかよってくらい万能なヤツだし。

そんなわけで他《ほか》の生徒達から少し離れてスペースを確保し、それじゃあ早速ということで秋晴は大地と向かい合った。

「とりあえず、投げるというか転ばして抑《おさ》え込む流れをやってみてもいいか？　どんな感じでやってるのか分からなかったから、その辺も教えてくれると助かるんだが」

「…………それは、大丈夫だが……」

「よし……って、大丈夫な顔色じゃないぞ？　どうかしたのか？」

真《ま》っ青《さお》になっている訳じゃないけど、大地《だいち》の顔はやや血の気が失《う》せていて、表情も明らかに強張《こわば》っている。

どう考えてもどこか調子がおかしいようにしか見えないのに、大地は目つきを鋭くして、

「問題ない、やれる」

「そうか？　なんなら深閑《みかん》に言って見学に――」

「それはっ、」

秋晴《あきはる》の提案に、パッと一瞬《いっしゅん》、大地の表情が明るくなって――しかしすぐに、何か痛みを堪《こら》えるかのように顔を顰《しか》めた。

「…………出来ない、な。こんな様《ざま》で見学なんて、あの人に言えるわけが……」

「あん？　良く分からないが、見学も保健室行きもなくていいのか？」

「……ああ、やるしかない。やってみせる……！」

そう言って大地は、瞳《ひとみ》に不退転の決意を帯びた光を灯《とも》す。……ちょっとその、全国大会の決勝戦に臨むかのようなその気合いはどーいうことだろう？　これが授業で、ガチでバトる訳じゃないって、ちゃんと分かってるんだろうな？

かなりの不安に駆《か》られるけど、まあでも自分が技を掛けられる側じゃないし、大丈夫だろ。ただし逆の役割だったら急にお腹《なか》が痛くなってトイレに逃げ出すのもやぶさかじゃない。ヘタレでもいい、健康が一番ですよ。

やや怖さを残しつつも、秋晴は二つ呼吸を置いてから、

「それじゃ、行くぞ?」

「……ああ、来いっ。迎え撃《う》つ!」

「いや迎え撃ったら駄目《だめ》だからな!? 反撃《はんげき》はNG、していいのは抵抗だけだぞ?!」

「しかし、必死の抵抗で犯人を返り討《う》ちにしたという話も、」

「そんな話はここでは要《い》らないっての! 何で授業の練習一発目でそんな生きるか死ぬかみたいな展開繰り広げ——ああもう、とにかくやるからなっ」

微妙《びみょう》に思い切りの悪い大地とこれ以上ぐだぐだと話していても始まらない。

本当は向こうから襲《おそ》いかかって来る段取りだけど、それを待つと日が暮《く》れそうなので秋晴は自ら掴《つか》みに行く。

ビクリと大地は肩《かた》を震わせて、しかしそれ以上は動かなかった。ちゃんと受ける側だという意識はあるらしい。

そのことに安心を覚え、秋晴は大地の着ている柔術着《じゅうじゅつぎ》の前襟《えり》を取った。

手に力を込め、右側に振り回すようにしながら同時に体を寄せて、そのまま押し潰《つぶ》しに掛かり——

そして秋晴は、随分《ずいぶん》と珍しい声を聞くことになった。

「や……こん、な、無理だっ!」

「へ？　……どうぉっ!?」

耳元でいきなり悲鳴みたいな声が聞こえたと思ったら、またも体がぐるっと急回転。

本日二度目の空中旋回《せんかい》体験は肩口《かたぐち》から畳《たたみ》の上に落下したことで終了し、仰向《あおむ》けに倒れた姿勢のまま秋晴《あきはる》は呆然《ぼうぜん》と自分を投げた相手を見つめることしか出来なかった。

文句を言おうにも、問い質《ただ》そうにも、言葉が出て来ない。

顔面蒼白《そうはく》って表現がピタッと嵌《はま》るくらい顔色を悪くした大地《だいち》の様子は、それくらいの効力があった。

何が何やら分からないまま、秋晴は呆然《ぼうぜん》とルームメイトの姿を見上げることしか出来ず……それでも、一つだけ思ったことがある。

——状況は良く分からないけど、何とかしてやらないと。

編入して顔を合わせて以来初めて見る不安と敗色《はいしょく》に満ちた大地の表情が、自然とそう決意させてくれた。

「……やはり、こうなりましたか」

そしていつの間にか秋晴のすぐ後ろに来ていた深閑は意味ありげに呟《つぶや》いて、憂《うれ》うように息を吐《は》き……視線をこちらへ向け、自分にだけ聞こえるくらいの声で、

「——出来るのであれば、ルームメイトの貴方《あなた》が助けになってあげて下さい」

漠然《ばくぜん》とした思いを後押しするようにそう言われ、秋晴は無意識のうちに頷《うなず》いていた。

……いつかこんな日が来ると、薫《かおる》は入学前から予測していた。

ただ、予測していただけじゃない。そんな自分の描いた未来予想図を覆《くつがえ》す為、それなりに頑《がん》張《ば》ってきたつもりだった。

けれど結果はこの様《ざま》だ。情けないにも程《ほど》がある。

◆　　　◇

――そんな自責の念に駆《か》られながら、薫はじっと身動《みじろ》ぎもせずに、従育科指導室のソファに座っていた。

向かいのソファに座る深閑《みかん》は手に持っていた紅茶入りのカップをテーブルに置いて、それから静謐《せいひつ》で澄んだ目をこちらへと向けてくる。

「貴女《あなた》を呼んだ理由ですが」

「……はい」

内容の見当はついていたので、薫は不甲斐《ふがい》なさに身を焼かれそうになりながらも返事をする。

自分の抱《かか》えている事情をキチンと把握《はあく》しているのはこの深閑だけで、だからこそ彼女には今更《いまさら》説明するまでもなく先程《さきほど》の授業で浮き彫りになった問題の真相も知られている。

従育科の生徒として、執事候補生として見過ごせない自分の欠点が、ちっとも改善されていなかったことをああして露呈《ろてい》してしまった以上、最悪退学ということも十分考えられる。

自分の想像に、薫《かおる》はギュッと小さな拳《こぶし》を握り込み……

「あまり落ち込まないようにして下さい。仕方のないことですから」

——予想とはかけ離れたその言葉に、意表を突かれてしまった。

まじまじと深閑《みかん》を見れば、普段と変わらぬ感情の色が窺《うかが》えない面持ち。けれど雰囲気《ふんいき》は、どことなく優しい、ほんの少しだけど温かな空気を纏《まと》っているようにも見えた。

そのことに驚いて薫が言葉も出せずにいると、深閑は静かにカップの縁《ふち》を人差し指でなぞり、

「甘やかすつもりはありませんが、貴女《あなた》の育ってきた環境の特別さは私も理解しています。それなのに白麗陵《はくれいりよう》に入学して一年も経《た》たずに問題が克服されるなどと思う方が浅はかというものです」

「…………ですが」

「異性との共同生活というだけで精神的負担は相当のものがあったでしょう？　日野《ひの》さんが編入して以来、しばらくの間は殆《ほとん》ど眠《ねむ》れなかったのではありませんか？」

「っ…………我がことながら、不甲斐《ふがい》ないです」

やはりというか、見抜かれていた。一学期の終わりには日野との共同生活も大分慣れてきたけど、それまではぐっすり眠れない日が続いたし、盗撮《とうさつ》騒ぎがあった時なんか体調不良も重なって本気で倒れるかと思うくらいだったんだから、この目敏《めざと》い教師に気付かれない方がおかし

いはずだ。

けど、これまで何も言われなかった。

そして今、ようやく言及した深閑は、薫を責めるつもりはないらしかった。

「――大地《だいち》さん。貴女は体力面、技術面では既《すで》に一線級のレベルに達しています。他《ほか》の方が追いつくには少なくとも五年は掛かるでしょうし、それ以上かけても到達出来ないレベルまで磨《みが》き上げているスキルもあります。ですから貴女が白麗陵で三年間かけて学ぶべきは人の使い方、そして精神面での成長です。焦《あせ》ることはありません」

「それは…………っ、でも、このままでは……」

「はい、問題ではあります。ですが、早急にとは言いません、卒業までに解決出来るよう、努力して下さい。特殊ではありますが、白麗陵は学校です。教育機関とは失敗を学ばせ、新たな段階へ進む手助けをする場所ですから」

……言葉自体は、淡々としていた。

それでも薫は声や態度の端々《はしばし》から伝わってくる温かな配慮に、感動せざるを得なかった。

だから、白麗陵に来て良かったと思うと同時に。

絶対に何とかしてみせると、深く静かに燃え始めた。

そしてその為には――協力してくれる人間が、必要だった。

日が暮《く》れて、夕食も終わり、一日も残すところ数時間になった頃。

薫《かおる》は従育科寮の自室で、ベッドに腰掛《こしか》けた日野《ひの》秋晴《あきはる》の前に立っていた。

「んで、何だよ？　改まって、用があるだなんて」

聞きようによっては面倒臭《めんどうくさ》がっているとも受け取れる日野の言葉に、薫は神妙《しんみょう》に頷《うなず》いて返した。

このルームメイトが外見や言葉遣《づか》いの割に、マメで、気が利いて、努力家で、それから……とにかく挙げればきりがないけど、信頼出来る男だというのは、これまでの半年近い共同生活で良く知っている。

そして、行き詰まっている自分が前に進むためには、協力者が絶対に必要だ。

協力してくれる相手を求めた時、真っ先に浮かんだのは日野の顔だった。本当なら柔和《にゅうわ》な雰《ふん》囲気《いき》を持っている三家《さんけ》の方が適任なのかもしれないけど、やっぱり日野の方が良い。その、ルームメイトだし、ちゃんと男だとハッキリ意識させられる相手じゃないと特訓する意味が無い。

それ以外の他意は、全く、これっぽっちもなくて。

そんなことを考えていると顔が熱くなってきて、薫は気を引き締めようと目に力を入れる。

これから死力を尽くす覚悟《かくご》で挑《いど》もうという時に、不埒《ふらち》な……違う、別に不埒じゃないはずだけど、余計なことに意識を割《さ》いている場合じゃない。

すぅ——と細く深呼吸をして、肺の中の空気を入れ換える。そうして新たな気持ちに切り替

えて、薫《かおる》は改めて自分のすぐ前にいる日野《ひの》と目を合わせた。

「日野に、頼みたいことがあるんだ」

「ん……それは、あれか？　今日の授業と関係あることか？」

話が早い、と薫は頷《うなず》きで返し、

「これは語るに恥ずべき事だが……そうも言っていられなくなったので、どうにかしたい」

無言でこちらを見て先を促《うなが》す日野に、包み隠《かく》さず言った。

「実は僕は――――お、男が、苦手なんだ」

「…………………………………………………………………………なぬ？」

「もっと言うと、女子もあまり得意では無い……違う、この言い方だとおかしい。……そう、女子と話したり触《ふ》れたりするのも苦手なんだ。ええと、なんというか……」

奉仕活動や食事の間にしっかりと考えて纏《まと》めておいたはずの伝えるべき内容が上手《うま》く出て来なくて、薫はしどろもどろになってしまう。

あんなにあれこれと考えて、裏山近くの林でこっそり予行練習までしたのに、いざとなったらこの様《ざま》だ。不甲斐《ふがい》ないだけじゃなくて情けない……！

唇《くちびる》を噛《か》み締めて、前で組んでいた手を強くギュッと握る。自分がこんなに駄目《だめ》な奴《やつ》だったとは思ってもみなかった。授業での失態といい、今日はどこまでも自分を嫌《きら》いになれそうなくらいミスが多い。

それでも、説明はしないといけない。日野の助けを得られなければ、自分一人でどうなる問題でもないし、具体的な対策も思いつかないのだから。

今すぐにでも畳返《たたみがえ》しの要領でこの場を紛《まぎ》らせて逃げたくなるのを我慢《がまん》して、薫は懸命《けんめい》に一から説明を始めた。

「……その、僕は、物心がついた頃には祖父《そふ》の家に預けられていたんだ。そこが、何というかだな……人が殆《ほとん》どいない辺境で……」

「辺境ってお前、日本国内だろ？　まあ、田舎《いなか》だったたって事か」

「……ああ、そうとも言える」

頷きながら自分なりの解釈をする日野に、薫は曖昧《あいまい》に返す。果たして、山あり谷あり人気《ひとけ》無しな、かろうじて電気は通っているものの水道は無く、近くの町まで歩いて半日かかるような場所を、ただ田舎と呼ぶのはどうかと思うけれど。

しかしその辺りの詳《くわ》しい説明をすると、言う予定の無かった『忍者《にんじゃ》』という禁断の単語を交ぜることになりかねないので、勝手に思い込んでくれているのをこれ幸いとしておく。

「祖父は厳しい人で、両親と会えるのも年に数日。他人とは殆ど会うこともなくて……そんな状況下で十年近く、暮らしていた」

「はー……なるほど。引き籠《こ》もってはないけど、社会から外れたところにいたわけか」

「ああ、そういうことだな。二年前に祖父の許可を得て親元へ戻ったが、人がこんなに多くい

ると は思わなかった。文明に慣れるのにも時間が掛かったしな」

言いながら、薫《かおる》はつい眉《まゆ》を顰《しか》めてしまう。

親や祖父《そふ》から話には聞いていたけど、まさか街があんなに人が多くて背の高い建物が多い場所だとは思わなかった。ついでにいうと、獣《けもの》よりも人の方が多くいるのにも驚いた。あと、猪《いのしし》の代わりに車が突っ込んでくることにも。

……そしてもっと信じられないことに、高校を卒業したら親の会社で働くことがほぼ決められていた。その事実は、カルチャーショックを受けたばかりの薫には到底認められるものじゃなかった。

父親を含む親族数人で営んでいる護衛派遣《はけん》の仕事は、そこまで悪いものじゃない……とは、思う。

けど、色々と自発的にやってみたいことが出始めて、なのに今まで人と接しない生活をしてきたせいもあって社会性は微妙《びみよう》で、選べる職業はどうにも限られてしまって……

「――誰かを、補佐する仕事に就《つ》きたいと思ったんだ」

話の流れからすればかなり唐突《とうとつ》だけど、気付けば口を割って言葉が出ていた。

「両親は……というより、父親はそれに反対した。僕の希望する進路を伝えたら、『羆《ひぐま》や大鷲《おおわし》を取って食うように簡単に出来るわけがあるか』と怒られた」

「……その喩《たと》えは現代に生きる日本人として正しいのか？」

「似たような意味の諺《ことわざ》があるだろう。『赤子の手を捻《ひね》るようなもの』とか」

「いやどう考えてもそんな可愛《かわい》らしい相手じゃなかったよな！　第一、取って食われるのは普通こっちだし！」

都会育ちの日野《ひの》は騒ぎ立てるが、辺境で育った経験が無いなら説明は難しい。

全く、これだから都会っ子は……と思ってしまうけど、話が進まなくなるので、薫は「とにかく、」と先へ続けた。

「将来の件で父親と激しい口論をして、結果として白麗陵《はくれいりょう》に通うことになって、無事に卒業出来れば認めてくれるという話になったんだ」

「は――……それはそれは、随分とドラマチックな展開だったんだな。途中《とちゅう》、明らかに現代日本を舞台にしているとは思えないトンデモ逸話《いつわ》があったが」

「……こっちは真剣そのものだったんだ。それに親に就職先を決められるというのは、人生を全部預けているのと相違ないと僕は思ったんだ。だから無理を通した」

……とはいえ、よもやここまでの無理が突き付けられるとは思わなかった。

『我が手で将来を切り開くと言うのであれば、無理難題《なんだい》をも貫きこなす意志を見せよ！』

『望みとあらばやってみせる……！』

『よくぞ言った！　――ならば性別を偽《いつわ》り、見事卒業してみせい！』

『応！　………………………………え？』

──そんなやり取りの結果、本当に男として白麗陵《はくれいりょう》に入ることになるだなんて。父親のコネを甘く見ていたっていうのもそうだけれど、許可を出した前理事長もどうかしてる。

そりゃあ確かに、他《ほか》の女子と違ってメイド服は似合わない。男の三家《さんけ》より似合わない。なら男装をするのも悪くはないけど、女子として入学すれば、ただでさえ他人が苦手なのに男と相部屋で共同生活をする羽目《はめ》にはならずに済んだのだ。

……けど、そうすると……こうして日野《ひの》と過ごすことも無かったんだから……二人きりで、こんな、寝起きを共にすることも……！

「──要するに、だ」

「っ……!?」

突然聞こえてきた日野の声に現実に引き戻されて、薫《かおる》は思わず叫びそうになる。

……おかしい、自分は今何を考えていた……!?

この大事な時に、不健全というかふしだらというか、そんな浮わついたことに意識を傾けている場合じゃない。……いいや違う、大事のない時だって考えるようなことじゃなかったはずだ……！

オーバーヒートしそうなくらい熱くなった頭を薫がぶんぶんと振っていると、

「対人経験が圧倒的に足りないってことか？　だから人と、特に男と触《ふ》れ合うのが苦手だってことか？」

「そ、そうだな。そういうことだ。自分から触《さわ》る分にはさほど問題はないんだが、向こうからというのは……」

こちらが葛藤《かっとう》なのか妄想《もうそう》なのかもう定かじゃない想いに悩まされている間に、日野はちゃんと考えてくれていたらしい。

けど、何故《なぜ》か浮かない顔をしている日野は、右耳に付けている安全ピンを指で弄《いじ》りながら、

「…………本当にそれだけなのか？」

——そんな風に、訊《き》いてきた。

目の前が真っ暗になって思わずふらつきそうになるのを、薫は必死で堪《こら》える。……一瞬《いっしゅん》、呼吸が喉奥《のどおく》で詰まってしまいそうだった。激しく動揺しているのがハッキリ自覚出来る。

まずい、落ち着かないと、それが出来ないならせめて表面上ではポーカーフェイスでいないと……冷静に、クールに対応しないと、日野に怪しまれてしまう……！

酷《ひど》く暴れる心の手綱《たづな》を必死で制御《せいぎょ》し、薫は唇《くちびる》が震えないよう細心の注意を払って、何気ない風を装おうと努める。

「そうだ。何かおかしいか？」

「いや、普通男なら女の方が苦手になるだろ？　同性よりも異性の方が得体の知れない感じがするっていうか。だから、だな……」

……まさか、自分が女だと気付かれた……!?

思わせぶりな言葉に、止まりそうだった心臓は激しくシェイクされているように暴れ出す。

確かに、どちらかといえば異性の方が苦手になるはず。実際、自分も異性である男の方が苦手なんだから。

背筋に冷たいものが走り、血の気が引いてくらっとくる。多少のリスクは覚悟《かくご》して相談することにしたけど、性別が露呈《ろてい》するなんて、ちっとも考慮していなかった。

どうしよう、日野《ひの》のことだから皆に言い触《ふ》らすようなことはしないはずだけど、それでも女だとバレた上で共同生活を続けるなんて、そんなのは、そんなのはっ――

薫《かおる》がパニック状態に陥《おちい》って硬直したまま動けずにいると、日野が今までに無かったというくらい真剣な面持《おもも》ちで、じっとこちらを見つめてきた。

「もしかして、お前……」

「…………………っ」

その視線に、それまでとは違う意味で胸が高鳴り、薫はどぎまぎしながら日野の目を見つめ返し……

「――男に迫られた経験があるんじゃないか？」

完璧《かんぺき》に、どこにも引っかからない回答をしてきた。

「なっ……なんでそうなるっ⁉」

「だってお前、三家《さんけ》程《ほど》じゃないけど女っぽい顔してるし、女より男に拒否反応があるっていったら、それはもうヤるかヤられるかの瀬戸際《せとぎわ》までいったんじゃないかと——」

「そんな訳があるはずないだろうっ！」

真剣な表情を崩《くず》して『あっれ、絶対正解だと思ってたのになー』と言わんばかりに首を傾《かし》げる日野に、薫は真《ま》っ赤《か》になって怒鳴ってやる。

全く、この男は言うに事欠いてなんてことを。バレずに済んだという意味では本当に良かった、が……ほんの少し、隠《かく》し味で入れる唐辛子《とうがらし》くらいの量だけ残念と思っている自分がいる。でもそれはきっと、女としての沽券《こけん》に関わる問題だからに違いない。

複雑な心境ではあるけどとりあえず安堵《あんど》して、薫は「とにかく」と話を戻しにかかった。

「町での暮らしにはもう慣れたし、自分から触《ふ》れる分には問題なくなった……でも、触れられるのは苦手なままでちっとも治ってないんだ。それに……正直、話をするだけでもまだ緊張する時がある」

「そこまでか……でも、俺等《おれら》とは普通に話せるよな？」

「ああ。轟《とどろき》とはあまり会話にならないが」

「あいつと大吉《だいきち》は会話を破綻《はたん》させる天才だからなぁ。無理もないって」

苦笑混じりにそう言うと、日野はこちらを見たまま立ち上がって、

「でもまあ、あれだな。要は慣れれば問題なくなるってことだ」

「慣れ……確かに、そうかもしれないが……」

「前は寝る時間も起きる時間も俺《おれ》とずらしてたみたいだけど、今はそこまで気にしてないだろ？　そんな感じで、まあ今すぐにどうにかなるって訳じゃないだろうけど、その内に何とかなるだろ」

その発言は、薫《かおる》にとってかなり衝撃《しょうげき》的だった。意識的に寝起きをずらしていたことを、事情を知っている深閑《みかん》ならともかく、日野《ひの》に気付かれていたなんて。鋭いのか鈍感《どんかん》なのか、本当に分かりづらい奴《やつ》だ。

でも、まあ、自分のことを少なからず気にかけてくれていたというのは、満更《まんざら》悪い気分じゃない。その上で今日まで黙ってくれていたのも、ちょっぴり嬉《うれ》しい。

――とはいえ、だ。

「……しかし、これまで通りでどうにかなる保証は……」

「あー、だからあれだ。これからはちゃんと意識して、お前に触《さわ》るようにしていく」

「さ、触るっ!?　触るって、どういうことだ?!」

「ん……まあ、手とか足とか……？　軽いスキンシップくらいなら余裕《よゆう》になるまで頑張《がんば》って、最終的には一緒に風呂《ふろ》に入って背中を流せるくらいにまでなれば……」

「っっっ!?」

一緒に、風呂――――!?

そんな………そんなの、無理だ、無理に決まっている。前に個別になっているシャワーを使うだけでも一杯一杯だったのに、一緒に風呂に入るだなんて……！　日野は男同士だと思っているから当たり前に言うけど、どれだけ防備を求めてもタオル一枚が精一杯の空間に、二人きり……！

想像してしまい急激に熱くなった顔を伏せていると、上から日野の声が降ってくる。

「とりあえずの目標として、今日から始まった授業を普通に出来るくらいまで耐えられるよう、頑張《がんば》ってみるか？　俺《おれ》も協力するから」

「協力って……どうするんだ？」

「そう、だな。手でも握って、そっから段々とレベルっつーか面積を大きくしていく感じか？男同士でやるって考えるとかなりアレだが……まあ、そこは我慢《がまん》だな」

あんまり嬉《うれ》しくなさそうな顔でそう言う日野を見て、薫の胸に罪悪感が生まれて微《かす》かに軋《きし》む。苦労を背負いやすいタイプだとは思っていたけど、気の進まないことを提案させてしまったのは、薫としても気が重くなる。

「その……日野は、いいのか？」

「ん……ま、仕方ないな。大地《だいち》が困ることなんて滅多にないだろうし……それにあれだ、代わりに俺に授業つけてくれよ。深閑《みかん》レベルにまで、とは言わないけど、轟《とどろき》くらいならさくっとぶち倒せるくらいまで鍛《きた》えてくれるか？　あいつに負けるのはかなり癪《しゃく》に障《さわ》るから」

ふっと気を抜いたような笑顔でそんなことを言われて、薫はぐぐっと握った右の手を自分の胸に押しつけた。……まずい、感動してしまっている。何がまずいのか自分でもいまいち分からないけど、見慣れた今でも多少凶悪《きょうあく》に感じる日野《ひの》の顔が爽《さわ》やかにきらめいて見えるんだから、きっとこれはかなりまずい事態に違いない……!

自分の感性が揺さぶられていることに危機感を覚える薫《かおる》を他所《よそ》に、日野は勝手に盛り上がっているようで目を輝かせ、

「とりあえず、継続してやらないと意味がないよなー。今日からやるとして、徐々《じょじょ》にレベルを上げていくとなると――」

「ひ、日野? 僕がこう言うのもなんだが、あまり焦《あせ》らない方が……」

「いやいや、カウンセラーでもセラピストでもないしそこまで大したことは出来ないからこそ、頑張っていかないと。早くある程度の成果が出ないと、こっちの訓練も出来ないままで終わっちまうかもしれないだろ?」

「それは、そう、だが……!」

言っていることは正論だけれど、薫にも都合というものがあるので素直に頷《うなず》くことは出来ない。けど、最早今更《もはや》『やっぱり自分だけでやる』と言えるような空気でもない。

信頼しているルームメイトに協力を頼んだことに、ようやくで後悔を覚えながら――

胸の高鳴りの中にほんのちょっとだけ甘い響きもあることに、薫は見て見ぬ振りをして、目下の問題に挑《いど》むことになった。

大地《だいち》から相談を持ちかけられた秋晴《あきはる》は、自分でもそうと自覚出来るくらい張り切っていた。深閑程《みかんほど》ではないけど、万能《ばんのう》に近いくらい有能で、しかも表情が硬くて考えていることが読みづらいルームメイトが頼ってくれたんだから、そりゃあ張り切るなっていう方が無理ってもんだと思う。

相談を受けた初日は手を握るだけ、しかも十秒と持たなかったものの、何度も繰り返していくうちにほんの少しずつ耐えられる時間は延びていったので、そのやり方で間違いは無さそうだと判断。

翌日からは徐々《じょじょ》にハードルを上げて、その度に失敗してはまた頑張《がんば》ってと、見た目は物凄《ものすご》く地味な作業を根気よく続け——

「でもな、それだけじゃ足りないと思う訳だ」

「……それは僕も思うが……」

そう返す大地の目は『ならどうするんだ』と雄弁に語っていて、秋晴はそれに口端《くちは》を少し上げて応《こた》える。

「やっぱあれだ、人と触《ふ》れ合うのに慣れている人のアドバイスを貰《もら》うべきだな。やって損はないだろ」

「ん……そう、だな。駄目《だめ》で元々、訊《き》いてみる価値はあるかもしれない。だが、誰に訊くつもりなんだ？」

大地《だいち》の言う通り、上育科の女子寮に向かっているのは分かるが……」

秋晴《あきはる》が向かっているのは上育科の寮。相談相手が経験豊富な年配の人とかカウンセラーとかじゃなくて同じ生徒っていうのが不安を誘うのかもしれないけど、そこは本当に駄目元《だめもと》だ。やるだけやってみるというだけで、成果はそこまで期待していない。

……それになんというか、相談するのは過度な期待が出来ない相手だし。

「まー、昨日《きのう》の夜に電話して訊《き》いてみたら、とりあえず話を聞いてみるって言ってくれていたから。どこまで詳細《しょうさい》に話すかはお前の判断に任せるとして、試してみよう」

「……分かった」

しばらくすると派手《はで》で豪華《ごうか》な三つの女子寮が見えてきて、そこを通過した先にある花園へ行くと、寒いからか敷地内に人の気配は無かった。

ただし噴水《ふんすい》前の、水気もあって一番寒いはずの場所にあるベンチには制服姿の女生徒が一人、優雅《ゆうが》に腰掛《こしか》けていた。……というか、カーディガンもコートも無しって。風邪《かぜ》引きたいのか、あの先輩《せんぱい》は。

まだ待ち合わせ時間前とはいえ薄着《うすぎ》の上級生を待たせておくのはちょっとまずいので、秋晴《あきはる》は早歩きで彼女の前まで行き、軽く頭を下げた。

「沙織《さおり》さん、待たせたみたいで」

「あら、お二人とも……早かったですね。まだ時間には少しあると思いますけど……時計を持っていないので正確には分かりませんが」

「えーっと……大地《だいち》、どうだ？」

　秋晴も時計を持っていないので振り返って訊いてみると、じっと沙織のことを見つめていたらしい大地は腕《うで》時計をちらりと見やって、

「……ああ、七分前だ」

「そかそか。でもまあ、上級生を待たせたことには変わりないし――」

「いいんですよ、気にしなくても。何もすることがなくて、ぼうっとしていただけですから。祖父《そふ》もよくこうしていたものです」

　……いやそれはお爺《じい》ちゃんだからであって、うら若き高校生がそれはどうなのかって疑問が湧《わ》いてくるけど。あと四季《しき》鏡《かがみ》家の祖父《じい》さんにはボケ疑惑もあったような気もするし。

　しかもなんだか遠い目をなされているよ。ぶっちゃけ故人に対するものに近いような感じだぞ、それ。確か存命してるはずだよな、祖父さん。どれだけ扱い悪いんだよ。

「あー……にしても、その格好、寒くないか？　戻って何か上着を持ってくるとか――」

「いいえ、構いませんよ。コートやマフラーは差し押さえの際に全部持ち去られてしまいましたし……そもそもわたし、生まれてこの方、風邪《かぜ》を引いたことがありませんから」

「…………」

それは、あれか。ナントカは風邪《かぜ》を引かないって実例カミングアウトか。

……しかし、どうにもこの先輩《せんぱい》を相手にすると調子が狂うな。同じ人の子とは思えなくなるくらいの美貌《びぼう》でスタイル抜群の色気満点な年上さんなのに、突っ込み所が多過ぎだ。

まあでも、この四季《しき》鏡《かがみ》沙織《さおり》以上に適役な人間に心当たりがなかったので、今回はやむなく……じゃなくて、ありがたく助言を頂くことにした。

以前、貰《もら》い物の携帯電話がダブるどころかトリプるという事態になった時、従姉妹《いとこ》の棗《なつめ》から貰った携帯を自分用に、朋美《ともみ》とセルニアから貰った物をそれぞれ四季鏡姉妹に贈呈《ぞうてい》することになった。その際に、ついでじゃないけど電話番号も交換しておいたのが、今回呼び出すのに役立ったわけだ。同じ従育科のドジ妹の早苗《さなえ》に橋渡しを頼むって方法もあったけど、この姉妹が揃《そろ》ったらなんかろくなことにならない気がしたからそれは止《や》めておいた。

「――というわけで、沙織さんに協力というかアドバイスというか、何かあれば教えて貰いたいんだ」

わざわざ寒空の下に呼び立てた沙織に秋晴が大雑把《おおざっぱ》な説明をすると、美貌の上級生は少し考えるように頬《ほお》に手をあてて首を傾《かし》げた。

「なるほど……大体は分かりました。けれど、何故《なぜ》わたしに？」

「あー、それはなんっつーか、沙織さんが一番男慣れしてそうな感じだったんで。や、悪い意味じゃなくて」

まるで男遊びに慣れているみたいな言い方をしてしまったので、慌《あわ》ててフォローもしておく。

白麗陵《はくれいりよう》の中で物怖《ものお》じせずに男と接することが出来るのは、秋晴《あきはる》が知る限り少数。まあ同じ従育科なら大抵のヤツは大丈夫なんだけど、横の繋《つな》がりが強いあいつらに知られると今後が面倒になりそうだから、そっちに訊くのは止めておいた。

で、対象を上育科に絞《しぼ》ってみたものの……セルニアは気が強すぎて参考にならないし、朋美は男勝《まさ》りな少女期を過ごしていたと知っているから今回のそれとはポイントがずれている気もする。他《ほか》は男慣れしていなかったりそもそもの対人経験が少なかったりとしている中、沙織なら異性相手でも余裕《よゆう》の態度で接することが出来ると既《すで》に分かっている。

男に言い寄られまくりな人だし、妹の為にあの大きくて神秘的なまでにふわむにゃな――、ヤバイ、それは思い出しちゃいけない記憶《きおく》だ。また悶々《もんもん》と夜を過ごすことになってしまう。

秋晴がやましい気持ちを追い出しにかかっていると、沙織は不意に小さく頷《うなず》いて、

「そういうことなら、わたしでよければ一肌脱《ひとはだぬ》がせて頂きますね」

「……よろしくお願いします」

まだどこか納得いかない様子だけどそれでも大地は頭を下げ、それを微笑《ほほえ》ましく思ったのか沙織は目元を優しく緩《ゆる》めてベンチから立ち上がが――

「…………あら？」

――ろうとして、何故《なぜ》かそのままこてんと前のめりに突っ伏した。

例えるなら、あれだ。尺取《しゃくと》り虫のモノマネをしようとしているか、クラウチングスタートを失敗して倒れた人みたいな感じで。裾《すそ》の長いスカートなのに、見事に捲《めく》れ上がってしまっていて、際どいギリギリなところで下着が見えそうで見えないというか見え隠《かく》れというかむしろ半分くらい見えていた。

「んっ……………ふ、う……」

もぞもぞと揺れるように起き上がるのも妙《みょう》に艶《なま》めかしくて、秋晴《あきはる》は自分の意思と関係なく見入ってしまい、

「――おぐっ!?」

その最中《さいちゅう》、横から脇腹《わきはら》を小突かれた。

痛みに顔を顰《しか》めながら秋晴がとなりを見ると、むすっとした大地《だいち》が肘《ひじ》を突き出している。

「だ、何するんだよ」

「……じろじろ見るな。失礼で、破廉恥《はれんち》だ」

「………」

そんな言われ方をすると、もう反論なんて出来ない。生まれてきてすみませんって気持ちになるしかない。

でも思春期だし、男なんだからそりゃ見るよ。この場合、赤くもならずにむしろ不機嫌《ふきげん》そう

な顔をしている大地の方が異端《いたん》だっての。

秋晴がこっそり胸中でブーイングしている間に沙織《さおり》は立ち上がり、服に付いた砂をそっと払ってからにこりと笑い、

「……今日のベンチは、ご機嫌《きげん》斜めのようですね？」

「いや間違いなく寒さで体が固まってたのが原因だろ」

「でも、このベンチが造られた年代のイタリア製アンティーク家具は、少し意地っ張りなところがあって可愛《かわい》いんですよ？」

「いやベンチにそんな設定付けられても」

「あ……もしかしたら、靴《くつ》が原因かも知れません」

今度は靴のせいにし始めたよこの人、と秋晴が寛容《かんよう》な気持ちで突っ込み体勢に入ると、沙織が足をちょっとだけ上げて見せた。

すると確かに、

「ありゃ……ヒールが取れてるな」

「ええ、取れてしまっているんです。一年くらい前から」

「いやそれを今転んだ理由にするのはおかしいだろ!?　さっさと修理に出せよ！」

「当時の四季鏡《しきかがみ》家は靴を修繕《しゅうぜん》に出すお金にも困っていたものですから……」

ふっ……と儚《はかな》げな笑みを溢《こぼ》す沙織に、秋晴はしまったと内心で臍《ほぞ》を嚙《か》む。

そういや沙織《さおり》さんの家は二年くらい前に没落《ぼつらく》していて、生活の為に結婚を考えるくらい貧《ひん》窮《きゅう》していたはず。なのに相手がボケボケだからって、何も考えずにプライベートな部分に踏み込むようなことを――

「仕方ないので、バレエを習った経験を活《い》かしてポワントという爪先立《つまさきだ》ちの姿勢を保つことで対応していたのですが、うっかりしてしまいました」

「そのうっかり、転んだ理由とあんまり繋《つな》がってなくないかっ？　あと無理しないで普通に使えよ！　なんでわざわざ空気イスっぽくヒールがある演出してんだよ!?」

「ヒール部分が無いと、かなり歩き難《にく》いんですよ？」

「いや確実に爪先立ちの方が歩き難いよな?!」

「それで、大地《だいち》さんの件ですけれど」

反省中だった分だけ反動で激しくなった突っ込みは、あっさりとスルーされてしまう。……なんかもう、疲れる。果てしなく疲れるよ、この人とまともに話すの。

「肝心《かんじん》なのは、心の持ちようです。慣れるのも大事ですが、殿方《とのがた》はそう怖くないものだとちゃんと理解することが大事ですよ？」

「……別に、怖く思っている訳じゃない……はずです」

普段彼女を見る時に浮かぶのとは明らかに違うもやもやとした感情を秋晴《あきはる》が宥《なだ》めていると、話は当事者と即席カウンセラーの間で進んでいた。

ただ、大地はやや硬い表情で、いつもならちゃんと出来ている敬語も取って付けた感じだ。

こいつもこのどこか捉《とら》え所がない先輩《せんぱい》が苦手なんだろーかと思っていると——不意に、首筋を撫《な》でるような感触《かんしょく》が。

「——例えば、ですね」

すぐ近くから聞こえた声に、秋晴はつい硬直してしまう。いつの間にか接近を許して不意打ちされたっていう理由もあるけど、それ以上に沙織の声は脳を蕩《とろ》けさせる効力があった。香水でもつけているのか、心地良いのにやけに鼓動《こどう》を早める匂《にお》いも手伝って、なんだか浮遊感みたいなものに包まれているし。

何の抵抗も出来ずに秋晴がぼんやりしていると、徹夜《てつや》で試験勉強中に聞こえる『もう寝ようよ、体に悪いよ』って幻聴みたいな感じで沙織の声が耳に届いた。

「このように、意外と安全に接することが出来るのですよ。相手と距離感を間違えなければ、襲《おそ》いかかられることも滅多にありません」

「……ほ、本当か？　日野《ひの》が、何かいけない薬でも使ったみたいな反応になっているが……」

「大丈夫です。殿方だから特別に怖いというものではありませんよ。いざとなれば男女の区別など無く怖いものですし」

……ぼーっとしていまいち掴《つか》みきれないけど、なんだか真理っぽいことを言っている気がやっぱり侮《あなど》れないな、この先輩《せんぱい》。

秋晴《あきはる》の夢心地タイムは続行中のまま、話は進んでいく。

「しかし……現実問題として、僕は……」

「大地《だいち》さんは多くの人、特に同年代に囲まれての生活に慣れていないだけでしょうから、少しの間慣れようと努力していれば大丈夫になると思いますよ。それに年頃の子なら、例えば日野《ひの》さんのような異性と触《ふ》れ合ってドキドキするのはむしろ当たり前——」

瞬間《しゅんかん》、それまで脳を煮込みまくったシチューの如くトロトロにしていた声と蠱惑《こわく》的な匂《にお》いが遠のいていった。

白昼夢《はくちゅうむ》から醒《さ》めるように我に返った秋晴は、慌《あわ》てて状況を把握《はあく》しようとして……

「…………………………これは……？」

どうしてだか大地が沙織《さおり》の口を手で塞《ふさ》いでいた。しかもさっきまでいたはずの場所から十メートル以上も離れた所で先輩《せんぱい》の体を抱《だ》き抱《かか》えているという光景を見て、これで一目で理解しろって方が無理だよな。

顔を赤らめるならともかく真《ま》っ青《さお》になった大地は、恐る恐るといった具合に沙織の体を解放しつつ、僅《わず》かに唇《くちびる》を震わせながら、

「……ど、どうして……じゃない、先輩は何か誤解をしています……！」

「誤解、ですか？　でも……おかしいですね。わたし、これでも勘《かん》は鋭い方なんですよ？」

何の話をしているかは分からないけど、勘が鋭いってのは間違いなくダウトです。

「な、な、何を根拠《こんきょ》に……」

「ううん……強《し》いていえば、フェロモン？　それとも、ホルモンが正しかったですか？」

重ねてよく分からないけど、あなたは蝶《ちょう》か何かですか。

でもまあ、本気を出したっぽい沙織《さおり》が近くにいるだけで脳が麻痺《まひ》しかけたという体験をしてしまった以上、秋晴《あきはる》としては『四季《しき》鏡《かがみ》沙織・フェロモン伝説』を疑いきれないから困る。この人、目に見えた常識が通用しないからなー……本能に従って生きているとしか思えないところもあるし。

——そんなことを考えていると、

「日野《ひの》っ、話は終わった。戻るぞ！」

「あ？　終わったって……おいっ⁉」

どういうわけか、やたらと慌《あわ》てた大地《だいち》が戻ってくるなり、こちらの腕《うで》を摑《つか》んで強引に花園から連れ出そうとしてきた。

抵抗しようと思えば出来なくもないけど、本気の大地には適《かな》わないから結局は無駄《むだ》な抵抗に終わると判断。仕方なく秋晴は軽く頭を下げて沙織に別れを告げ、大地に合わせて自分の足で歩き出す。

そうしながら、珍しく取り乱したルームメイトの横顔を覗《のぞ》き込み、

「どうしたんだよ、おい」

「何でもないっ。あの人は……というか、あの姉妹はやっぱり、苦手だ……！」

「あー、天然だしなぁ、四季鏡姉妹。ドジっぷりといい無駄《むだ》な頑丈《がんじょう》さといい、遺伝か？　あの胸のサイズを見るに、それっぽいよな」

「……前言撤回《てっかい》する。天敵《てんてき》だ、あの姉妹……っ！」

何が大地の気に障《さわ》ったのか、余計にむすっとして唇《くちびる》を噛《か》み締めた。胸に当てた手にもかなり力が入っているっぽい。

どうしてこんな風になったのかさっぱり分からない秋晴は、遠ざかる花園をさらりと振り返って、

「……やっぱ相談相手、間違えたかな……？」

呟《つぶや》いてみるけど、原因がどこにあるのかはやっぱり不明だった。

◆　　　　　　　　　　◇

駄目元《だめもと》での試みが案の定というか不発に終わり、結局やれることはそれまで通り地道な接触《せっしょく》慣れだけだった。

それでも五日目にはようやく一分近く手を繋《つな》いでいても平気になって、背中合わせに密着するくらいなら十秒足らずだけど耐えられるようになってと順調に成果は上がっていった。

なので六日目、そろそろ良い頃合いだし一石二鳥《いっせきにちょう》だからと、秋晴《あきはる》は放課後の格技場で、大地《だいち》と二人きりで柔軟《じゅうなん》体操をしていた。

今日は二人とも放課後の奉仕《ほうし》活動は無く、しかも施設がタイミング良く空いていたので明日《あした》の授業を前に復習するべく貸し切った——ところまでは良かったものの、

「五時には切り上げろって言われてるから、あんまり時間は無いぞ。正味一時間くらいでどこまでやれっかな」

「技なんて言う程《ほど》のものは教えないから、平気だと思う。深閑《みかん》先生も言っていたが、崩《くず》しはコツさえ摑《つか》めば、相手の動きを良く見て把握《はあく》するだけで成功する」

造作《ぞうさ》もないと言わんばかりのセリフで、とても頼りがいがある。これがほんの十数秒でも同性と密着していられない奴《やつ》の口から出た言葉だとは思えないけど、秋晴としては願ったり叶《かな》ったりな内容なので、余計なことは言わぬが花だ。

肩《かた》を回して、柔術《じゅうじゅつ》着《ぎ》でも問題なく動けることを最終確認すると、

「——よし、それじゃ教えてくれ。まずは、襲《おそ》いかかってくる相手を倒すコツからな」

「ああ。僕が襲う役をやるから、日野《ひの》は言う通りに動いて欲しい」

「おうよ、了解」

頷《うなず》くと大地は「いくぞ」と声を掛けてから、ゆっくりとこちらへと向かってくる。

「大事なのは相手の動き、特に足運びを把握することだ。距離感を摑んでいれば、あと一歩の

タイミングでほんの少し間合いを詰めるだけで事足りる――ここだ、前に出てみろ」

「おう……？」

言われるがままに秋晴が一歩前に踏み出すと、大地は慌《あわ》てず騒《さわ》がず、

「もう一歩踏み出そうとしていた敵《てき》は、前に進もうとしていた体を押し止《とど》めようとしてバランスを崩《くず》す。そんな風に考えていなくても、突然目の前が塞《ふさ》がれれば重心はぶれて動きも止めてしまうのが当然の反応だ」

「なるほど……じゃ、ここで？」

「ああ、硬直している間に肩《かた》を押すなり軸足《じくあし》を払《はら》うなりすれば簡単に倒れる。相手が素手で、続いて押さえ込む動作に入ることを考慮《こうりょ》するなら、体ごと押し倒してしまえばいい……」

言葉を切ると大地は一度目を閉じて、小さく口を開いた。

たぶん、深呼吸をしているんだろう。ここからは大地にとっても訓練になる時間だ。一朝《いっちょう》一夕《いっせき》といかないのはこっちも同じだけど、向こうの場合はコツも何もない、ただひたすら慣れるまで頑張《がんば》るだけというちょっとした拷問《ごうもん》だから気を張りたくなるのも分かる。

待つこと数秒、踏ん切りがついたらしい大地は必要以上に鋭い目つきでこっちを見て、

「――良し、来い」

「それじゃ、遠慮《えんりょ》無く……っと」

聞き返して覚悟《かくご》を鈍《にぶ》らせるのも何なので、秋晴はさくっと行動に出た。

元々すぐ目の前にいた大地《だいち》の二の腕《うで》辺りの袖《そで》を掴《つか》みながら、のし掛かるようにして自分の体ごと倒れ込む。胸くらいの位置から「ひぅっ……」という息を呑《の》む声が聞こえてくるけど、もうどうにもならないのでスルー。

そのまま畳《たたみ》の上へ押し倒して、秋晴《あきはる》は少しだけ体を起こして大地との間にスペースを作った。そして案の定思いきり引きつった顔をしているルームメイトに問い掛ける。

「それで、このままだと仰向《あおむ》けに押さえることになるけど、どうするんだ？」

「う、く……た、倒す際に相手の体の向きをコントロールするのが、理想だが……仰向けに倒したなら、相手の腕《うで》を取って、背中の方へと捻《ひね》り上げればいい」

「うん？ ……こうか？」

倒れたまま腕を捻り上げるっていうのがいまいち分からないので、秋晴は掴んでいた左腕を引っ張るようにして捻ってみた。

すると自然に大地の体が横倒しになって、そのまま俯《うつぶ》せに。

これは凄《すご》いと感嘆しながら秋晴は左腕をさらに捻り、手首を強めに掴みながら肩甲骨《けんこうこつ》の間くらいの位置で固定すると、

「……もう少し、肘《ひじ》を内側に持って行く感じで上にやれ」

「そんなにやって大丈夫なのか？ なんかポキッといっちゃいそうな手応《てごた》えだぞ？」

「構わない。あと少し……そう、それくらいやれば左肩が地面に押しつけられて動けなくなる」

「へー……でもこれ、筋痛めるんじゃないか？」

「人によってはそうかもしれないが、僕なら大丈夫だ。流石《さすが》に、自由に動けはしないが、これくらいなら痛くない」

当然のような大地の口調に、秋晴は改めて感心する。たぶん普通ならギブアップの連呼になるくらい痛いだろうに、痩《や》せ我慢《がまん》じゃなくて本当に痛くないに違いない。関節が柔らかいヤツがいるって話は聞くけど、普段の超人かお前って言いたくなる身体能力とか技とかを見る限り、よっぽど鍛《きた》えてここまで仕上げたんだろう。

……なのに男同士でも接触《せっしょく》が厳しいっていうんだから、世の中は公平に出来ているというか、神様は何かにケチつけなきゃ済まない性格なのか。どちらかというと後者っぽい気がするなぁ。僻《ひが》みっぽい性格という案に一票。

でも、意外というかなんというか、

「思ったよりも持つなー？　部屋でやってた感じだと、これだけくっついていたら十秒も持たないと踏んでたのに」

「う……ぶ、武術《ぶじゅつ》の訓練だからな。そうだと理解しているのにそんな反応をするのはふしだら……じゃない、疾《やま》しい……でもなくて…………ふ、不純じゃないか」

「…………悪い、全く同意出来ない」

これが異性相手なら確かにそうだけど、男同士だしなぁ。……というか、男同士でその発想だと、大地《だいち》に壮絶なホモ疑惑が浮かぶことになるんだけど……今までの感じからすると、そんな風でもないし……？

「…………うーん……」

時々こいつのことが分からなくなるなぁ、と秋晴《あきはる》は探偵《たんてい》役だと思っていたキャラが犯罪自供するドラマを見た時のように微妙《びみょう》な声を漏《も》らし、とりあえず余計な思考はそこまでで止めておくことにした。今はしっかり練習しないと。

先週深閑《みかん》が指導していたことを思い出しながら、相手の背中と自分の胸で挟《はさ》むように摑《つか》んだままの腕《うで》を――

「うくっ……!?」

体重を掛けすぎないよう注意はしていたものの、下から小さな喘《あえ》ぎ声が。

「おあ、痛かったか!?　もしかして今のはヤバかった？」

「ち、違う、平気………平気だけど、平気違う……！」

慌《あわ》てての問いかけに、おかしな風な日本語が返ってきた。

「……良く分からないけど、平気なら続けるぞ」

「あ、ああ……っ、んん…………ゃあ……」

「…………本当に平気なのか？」

「あ……へい、き…………っ」

……ちっとも平気そうじゃなかった。

けど、この一週間の練習があったから、秋晴も大地の反応がおかしい理由はもう分かっている。

たぶん大地のヤツは単に人と接触《せっしょく》慣れしてないだけじゃなくて、かなりのくすぐったがりらしかった。こういうのも敏感肌《はだ》っていうんだろーか？

まあどうあれ、一通り終わるまでは我慢《がまん》して貰《もら》うしかないので、秋晴はそのまま押さえ込みを続行する。

「それで、どうすんだ？」

「こ、この後は上手《うま》く相手の体に乗ったままバランスを――ひぁあっ!?」

「っと、悪い、バランス崩《くず》した」

「な、何で選《よ》りに選って腋《わき》をっ……、ふあっ!? ど、どこを触《さわ》って……?!」

「……いや、なんか暴れられると位置が悪いから、足をだな……」

「だっ、だから変なところを……っ、や、そんなっ――」

……………これは、なんというか……

余程《よほど》くすぐったいのか体が跳《は》ねるくらい反応して、秋晴はそれを押さえ込む為に上手いこと頑張《がんば》ろうと手足を駆使《くし》して、それにさらに大地が反応して……もしや、悪循環が出来上がってる……？

しかも大地《だいち》の声が、なんか……

「だ、大丈夫なのか？」

「っ……べ、別に問題はない。これは訓練なんだから、ちゃんと——あっ……!?」

「……いやかなり無理っぽそうだけど……」

「それは日野《ひの》がっ……ふあ、や、首に息をかけるなっ!?」

「……いやこの姿勢で喋《しゃべ》ったら、必然的にだな……」

すぐ下から息も絶え絶えな声がして、見れば無理をしてこちらを向いている大地の目に涙《なみだ》が溜《た》まっていた。それに押しつけている胸からはテンポの早い鼓動《こどう》が伝わってくる。

語気はどんどん弱まっているし、抵抗は徐々《じょじょ》に力ない感じになっていた。

そんな様子を見ていると——こう、胸の内がもやもやっと……？

あれ、なんだろう、これ。相手は男でそれなりに気心も知れたルームメイトだっていうのに、なんかこう、ドキドキするっていうか、罪悪感と好奇心《こうきしん》が同時に疼《うず》くような危ない感覚が……いくら大地が中性的な顔立ちで、体つきもこれっぽっちも男らしくないっていっても、同性相手にこれはまず——

「……………………おぅ？」

なんとなくインモラルっぽい感情に自分が分からなくなりそうだった時。

秋晴は視界の中に、とてもおかしなものが混ざっている事に気がついた。

二度、三度と瞬《まばた》きをして、それが溶《と》けて消えないことを確認する。うん、どうやら幻《まぼろし》でも何でも無いらしい。

そうと認識してから、改めてそのおかしなものを見た。

――格技場の、床《ゆか》に近い下の窓から覗《のぞ》いている、楓《かえで》とピナのダメ人間コンビを。

「……ほらほらっ、秋晴《あきはる》さんが組み敷いてますよー。だからこの組み合わせだと攻めは秋晴さんだって言ったじゃないですか！」

「……ぬぅ。しかしじゃな、アキハルはどう考えても受けキャラじゃぞ？　魅力《みりょく》を十分に発揮しているとは言い難いのじゃ」

「……大地《だいち》さんも受けキャラですし、何よりショタキャラじゃないですか～。そーいうタイプと絡《から》むと、隠《かく》されていた攻め気質が表に出るものなのですよー？」

「……うぅぬ、否定し切れんの。現に今にも『そんなことを言っても体は正直だぞ』とか言い出しそうだったのじゃ」

「……大地さんのあの顔はかなりそそられますもんねー。あんなに頬《ほお》を上気させて喘《あえ》がれて、しかも抵抗は出来ないという……完璧《かんぺき》なシチュエーションですよー！」

「……妾《わらわ》としては、二人の格好と場所にそそられるものがあるのじゃ。これで男子校ならもう言うことは無かったかも知れぬ」

——えらく腐《くさ》った会話をなされていやがりました。

「おいこら、そこの世界を汚染する会話をしてやがる二人っ！　勝手な妄想《もうそう》で盛り上がってんじゃねぇ！」

たまらず怒鳴《どな》ってやると、二人は慌《あわ》てて窓の下に隠《かく》れた。

けど、理事長のぴょこっと立った髪《かみ》やピナのツインテールは見えていて、そこから離れないまま、

「ひああっ、見つかっちゃいました!?　これからがいいところだったのに～！」

「ぬうう……仕方ない、戦略的撤《てっ》

退《たい》じゃ！　時間をおいたら、今度はきっと体育倉庫か保健室で何やら始まるに違いないのじゃ！」

「始まらねぇよ！　年号が変わるまで待っても再開の目処《めど》なんか立たねぇよっ！」

苛烈《かれつ》に突っ込んでやると、ようやくで二人は逃げるように去っていった。

はー……、と重いため息を吐《つ》いて、秋晴《あきはる》は振り返り。

この間、従育科寮で行われた『轟《とどろき》慎吾《しんご》セクハラ裁判』で四時間に亘《わた》り弁護にならない弁護を続けた後の三家《さんけ》のように、もう精根尽き果てたと言わんばかりにぐったりと倒れ伏した大地《だいち》の姿を見

て、

「……まあ、うん、気の迷いってやつだよな」

危うく開きかけていたっぽい扉は蜃気楼《しんきろう》でした——と自分に言い聞かせ、もう一つため息を吐《つ》いた。

◇

◆

「……全く、今日は散々だった……」

呟《つぶや》いた声は浴室に響いて、染み入るように薫《かおる》の耳朶《じだ》へ届いた。

護衛訓練の指導をすると約束はしていたものの、よもやあそこまで過酷《かこく》なものになるとは思わなかった。冬場で、それ程《ほど》動いた訳ではないのに汗を掻《か》いて、しかも何だか普段使わない筋肉を使ったような疲れ方もしていた。

だから深夜も一時を回って、同室の日野《ひの》が完全に寝入ったのを確認してから、薫はこうして寮の大浴場へ入浴しに来たのだ。

こうしてこっそり大浴場に来るのは初めてじゃない。広いお風呂《ふろ》が恋しくて、週に一度は睡《すい》眠《みん》不足になるのを承知で入りに来ていた。従育科の生徒は日々の授業と奉仕活動とで疲れているので、基本的に夜更《よふ》かしをしない。ゲーム機の持ち込みは禁止されているし、テレビはロビーの隣《となり》にある談話室にしかないので、夜遅くまで出来るのは読書と勉強くらいしかないから、自然と早寝早起きになる。

それに今日、日野と三家《さんけ》と轟《とどろき》の三人は夕食前に入浴済みという情報をゲットしているので、薫としては大浴場の方が安心して入浴出来る。自室だと寝惚《ねぼ》けた日野がうっかりして風呂場《ふろば》のドアを開けないと言い切れない。あの男、しっかりしているようで妙《みょう》にぼけているから、そんな事故が起きてもおかしくない……！

過去に色々と見られたことを思い出し、なのに全く女だとバレなかった事実も引き起こされて、薫はむっとして水面をパチャパチャと手で叩《たた》いた。

「全く、失礼な奴《やつ》だ」

パチャパチャと続けながら、自分の体を見下ろして——正確に言うと、起伏が無いに等しい自分の胸とか、細くはあるけど丸みのない腕《うで》や足を見て——薫は深々と息を吐《は》いた。

これでは気付かれなくても当然なのかもしれない。あんなに密着していたのに日野は全然感付いた様子もなかったし、男に慣れる前に女としての魅力《みりょく》を磨《みが》くべく努力する方が先決な気も…………って、

「——い、いや、違う、そんなことはいつでもいいはずだ。今は、そうじゃなくて……！」

駄目《だめ》だ、少し長湯しているせいか、少し思考がおかしなことになっている。……それに食事の時や、寝ている振りをしていた時もそうだったけど、ふっと日野に組み敷かれて色々と触《さわ》ら

れていたことを思い出してしまって、顔から火が出そうなくらい恥ずかしく……！

大体あの男、同性だと思っているからって、あんな所を触って……！　あんなの、訴えれば確実にセクハラ認定されるに決まってる。

チャプチャプバシャバシャッ、と激しく水面を叩《たた》いてもやもやと浮かぶ記憶《きおく》を追い払い、薫《かおる》は盛大にため息を溢《こぼ》す。

「それにしても……情けないな」

水音が引いた浴場でぽつりと漏《も》らして、そのまま口元辺りまで湯に沈む。

物心が付く前から厳しい修行をしてきて、あの程度の状態なら組み敷かれていても簡単に抜け出せたはずなのに、そんなことちっとも出来そうになかった。祖父《そふ》を相手にしていた時は少しも気にならなかったのに、同年代の男が相手だとああも心を乱して、鍛《きた》えた技も使えなくなるだなんて。

……いや、もしかしたら三家《さんけ》や轟《とどろき》ならば違ったのかもしれない。あの二人が近くにいる時と日野《ひの》がいる時とだと、なんというか、むずむずする感じの種類が違う。

そうだとすると今日のあれは、相手が日野だから体がいうことを聞かなくなって、あんな風に乱れて……!?

その発想に、薫はバタバタと両足を暴れさせて、盛大に浴槽《よくそう》のお湯をぶちまけてしまう。でもそんな些事《さじ》は気にならないくらい、自分の頭に浮かんだ色々な考えが恥ずかしすぎて、もういっそ消えて無くなりたくなる。

そう、組み伏せられていた時だってあんなに恥ずかしくてむず痒《がゆ》い思いをするくらいなら、いっそのこと気絶した方が遥《はる》かにマシだと…………？

ピタ――と、薫は暴れさせていた両足の動きを止める。

……今、何か、凄《すさ》まじく素晴《すば》らしい発想が浮かんだような……

「…………………………………………そうか！」

天啓《てんけい》ともいえる閃《ひらめ》きに薫は大きく声を上げ、勢いよく湯の量が半分以下になった浴槽《よくそう》の中で立ち上がった。

◆　　◇

「――それで、これが一週間の成果ですか？」

「……そう、なる、かなー？」

相も変わらず冷たい深閑《みかん》の問い掛けに、秋晴《あきはる》は半笑いで返す。

ちょっとやりすぎな訓練をした翌日の、従育科授業の真《ま》っ最中《さいちゅう》。そして目の前に広がるのは、攻《せ》め手が轟で守り手が大地《だいち》という組み合わせで、先週のおさらいをした結果。

大地は見事に襲《おそ》ってきた轟を倒して押さえ込んだ――のでは、なくて。

崩《くず》して投げた直後に、倒したばかりの轟《とどろき》の首をわし掴《づか》むようにして一瞬《いっしゅん》の間に意識を失わせるという、鮮《あざ》やかだけど凄惨《せいさん》な事態が繰り広げられたのだった。

どこかやってやったと誇らしげな顔でこっちを見る大地《だいち》に、秋晴《あきはる》は言うべき言葉が見つからない。

そして同じく、どういう訳か自分を責めるような視線を送ってくる深閑《みかん》にも、説明した以上のことは何も言えなかった。

……やー、流石《さすが》は大地というべきか。密着して押さえ込めないなら一瞬で意識を刈り取ってしまえという発想が、もう完璧《かんぺき》にアクション漫画《まんが》の世界だよ。いやまあ、ちっとも感心は出来ないけども……！

周りの生徒がどん引きする光景を見つめ、小さなため息を吐《つ》いた深閑は改めてこちらを向いて、

「……日野《ひの》さんとの生活で多少の改善は見受けられたので、頼りにしていたのですが、これは……厄介《やっかい》なことに、文句のつけ難《がた》い結果を出してますし……」

「えーと……つまり、結果オーライってことで……？」

「——いいえ、日野さんには後で話があります。今夜の睡眠は諦《あきら》めて下さい」

そんな教師が発するには無茶過ぎる上に問題有りまくりな言葉にも、秋晴は反論する気力もなく、半笑いのまま固まるしかなかった。

あとがき

こんにちは、上月司《こうづきつかさ》です。あとがきの締め切りスケジュールをすっかり忘れていて今かなりの勢いで慌《あわ》てています。くおー、担当《たんとう》さん（ドジっ子）から催促《さいそく》が無いからすっかり油断してた……！

作者、担当と二人もどこか抜けている『れでぃ×ばと！』制作チームです。イラストのむにゅうさんが最後の砦《とりで》として頑張《がんば》ってくれています。

さてさて、そんなこんなで六巻です。前巻があんな感じで終わっていたので、歯ぎしりしながら待っていてくれた方もいるかもしれません。もう本当に申し訳ない。……でも前シリーズのカレカノの時に比べたら、ある意味まだマシだと思うんだ。

本作の内容についてはまた後で触《ふ》れるとして、とりあえず近況《きんきょう》報告などをしてみます。四ヶ月の間に色々と起きたので。

まず一番大きいのは、昨年末から一人暮らしを始めたということ。これが初めての一人暮らしです！

池袋に通いで仕事をしていたのですが、往復二時間強かかる上に、仕事上がりに同じ自習室を使っている作家さん達とわいわい楽しくご飯を食べている時、終電という現実が手招きをしてくるので一人早退することもしばしば。自分が注文したメニューが届く前に泣く泣く帰るという事態も起こり、このままじゃいかんと決意したのです。

前々から「一人暮らしするよ！」と言ってはいたのですが、面倒なのと不安から来る及び腰《ごし》で、ネットで物件検索《けんさく》をするだけの日々が続いてました。それを、食べることが出来なかったナスの炙《あぶ》り焼きが断ち切ったのです！

……うん、まあ、かなり微妙《びみょう》な切っ掛けですね……

ともあれ、引っ越すと決めて不動産屋に行き、その二日後には物件を決め、さらにその三日後には契約《けいやく》完了で入居出来るところまで漕《こ》ぎ着けるというスピード決定。あまりに簡単に決めてしまった為、一から買う予定の家具と家電が何一つとして揃《そろ》ってない状態での入居となり、仕方なく契約してから半月くらいは自宅で寝泊まりすることに……確実に何かが大きく間違っているなぁ、うん。

しかも極めつけなのは、借りた家が無駄《むだ》に広くて、一部屋余っているこの状況。マンションなのですが、両隣《どなり》はファミリーが住んでます。子供の声とか聞こえてきます。かなり幸せそうです。独り身にはちょっとした精神攻撃《こうげき》として突き刺《さ》さります。

初めての一人暮らしで勝手が分からない上に、あれを置こうこれを置きたいと考えまくっていたら広い家じゃないと駄目《だめ》だという結論に至ったわけですが……ここまで明らかな失敗になるなんて……

おかげで友人からは「いつでも同棲《どうせい》出来るね！」と言われる始末。酷《ひど》い嫌味《いやみ》です。相手がいない状態から同棲て。

現在、次はどこに引っ越そうかと身の丈《たけ》に合った部屋を物色中です。


さて、ここから少し本作についてややネタバレな内容紹介《しょうかい》していきますので、未読の方は注意を。

まず十四話、前巻から続く体育祭の後編です。当然のようにセルニアと朋美《ともみ》が目立ってますが、負けじと四季《しき》鏡《かがみ》姉妹も頑張《がんば》ってます。ただしこの姉妹が頑張ると、なんというか、挿絵《さしえ》的に大変なことになる……

あと、この体育祭の一番の被害者は間違いなく深閑《みかん》だと思います。ただでさえ日頃から地味に苦労させられているのに。ちなみに体育祭が前後編の構成になってしまったのは、借り物競走と障害物《しょうがいぶつ》競走が主な原因だったりします。

次、十五話。遊園地に行く話です。

あーいう感じに落ち着きましたが、ここでの秋晴《あきはる》はなんかラブコメ主人公の面目躍如《やくじょ》な頑張りをしてくれてます。普段と違う点は、自分からイベントに突き進んで行くところ。普段は巻き込まれてばかりなのに、今回は誰かからせっつかれる前に動いて……まあ結局はいつもと同じようなオチになるわけですが。

この話でようやく朋美《ともみ》とセルニアが同じラインに立ち並んだので、ここからが勝負です。ただし二人とも恋愛初心者な上に相手がボンクラ——じゃなくて恋愛に疎《うと》い秋晴《あきはる》なので、まだまだややこしいことになりそうですが。他《ほか》のキャラも虎視《こし》眈々《たんたん》と狙《ねら》ってますし。

三つ目の番外編は、そんなこっそり活動中キャラである大地《だいち》メインの話です。二人きりで寝技の練習をする話ともいえます。……たぶん。

この話は電撃文庫 MAGAZINE のプロローグ2に掲載《けいさい》されたものを加筆修正したものなのですが、分かりやすいところだと沙織《さおり》が出てくるシーンが追加されています。六巻ではそれなりに出番が多い沙織ですが、彼女が出るとエロコメと言われる原因が増えるので、ラブコメと言い張りたい作者としては微妙《びみょう》な気持ちに。書きやすくはあるのだけれどなぁ……

ちなみに二巻と四巻に収録された番外編は、時系列的にいえば十五話より後に入ります。どのタイミングの話なのかは、今後出てくる話の内容と照らし合わせてみると分かるかも。

七巻以降でピンときたら、読み返してみると面白いかも知れません。

さて、その七巻なのですが。次に出るのはたぶん、夏以降です。

でもそれまで何も無いかというと、そうでもないのです。六月以降、電撃文庫 MAGAZINE の方でちょいとした企画を組んで貰《もら》えるということで、七巻が出るまではそちらで『れでぃ×ばと!』をお楽しみ下さい～。

あと、もう一つ。

なにやらメディアミックス企画も動いているようなのです。

……というか、四月発売の何かで、なにやらやっちゃうらしいのです。

詳細《しょうさい》が気になる方は電撃文庫のホームページか、この巻に挟《はさ》んであったはずの電撃の缶詰《かんづめ》で情報を集めて下さい！　投げっぱなしで申し訳ない！

そんなこんなで周囲が慌《あわ》ただしくなっているみたいですが、マイペースにやっていきたいと思います。

ではでは、また七巻で〜。

☆ みみなといっしょ ☆　Vol.1

編集さんにみみなの魅力を話していたら、こんなページを貰ってしまいました。
こんにちはこんばんは、むにゅうです。

どうやら何を書いてもいいみたいなので、『おへそ』の素晴らしさを語っていくコーナーにしようかと思ったのですが、みみなが「え、えっちなのはだめなんだからね……」と言ってるような気がしたので、どうなっていくのかはまだ未定です。
もしよろしければ、いい案を送ってもらえたりすると編集さんが困ってしまうかもしれません。

さて、今回で『れでぃ×ばと！』も６巻目になったのですが、本棚に並ぶ姿を見るとなかなか嬉しいような、こそばゆいような、そんな感じがしています。
ドキドキしながら始めた１巻の頃は、ちゃんと出来るのだろうかと不安なところもあったのですが、気が付けば結構な時間が経っていたりするものなんですね。

そんなおへそ大好きな私ですが、これからもがんばって描かせて頂きますのでよろしくお願いします！
次の巻でも皆様とお会いできる事を祈りつつー。

◉上月　司著作リスト

「カレとカノジョと召喚魔法」（電撃文庫）
「カレとカノジョと召喚魔法②」（同）
「カレとカノジョと召喚魔法③」（同）
「カレとカノジョと召喚魔法④」（同）
「カレとカノジョと召喚魔法⑤」（同）
「カレとカノジョと召喚魔法⑥」（同）
「れでぃ×ばと！」（同）
「れでぃ×ばと！②」（同）
「れでぃ×ばと！③」（同）
「れでぃ×ばと！④」（同）
「れでぃ×ばと！⑤」（同）

本書に対するご意見、ご感想をお寄せください。

■

あて先

〒101-8305 東京都千代田区神田駿河台1-8 東京YWCA会館
アスキー・メディアワークス電撃文庫編集部
「上月 司先生」係
「むにゅう先生」係

■

電撃文庫

れでぃ×ばと!⑥

上月《こうづき》 司《つかさ》

発行 二〇〇八年四月 十 日 初版発行
二〇〇八年七月二十五日 四版発行

発行者 高野 潔

発行所 株式会社アスキー・メディアワークス
〒一〇一-八三〇五 東京都千代田区神田駿河台一-八
東京YWCA会館
電話〇三-五二八一-五二〇七（編集）

発売元 株式会社角川グループパブリッシング
〒一〇二-八一七七 東京都千代田区富士見二-十三-三
電話〇三-三二三八-八六〇五（営業）

装丁者 荻窪裕司（META＋MANIERA）

印刷・製本 旭印刷株式会社

ISBN978-4-04-867017-3 C0193

電撃文庫創刊に際して

文庫は、我が国にとどまらず、世界の書籍の流れのなかで〝小さな巨人〟としての地位を築いてきた。古今東西の名著を、廉価で手に入りやすい形で提供してきたからこそ、人は文庫を自分の師として、また青春の想い出として、語りついできたのである。

その源を、文化的にはドイツのレクラム文庫に求めるにせよ、規模の上でイギリスのペンギンブックスに求めるにせよ、いま文庫は知識人の層の多様化に従って、ますますその意義を大きくしていると言ってよい。

文庫出版の意味するものは、激動の現代のみならず将来にわたって、大きくなることはあっても、小さくなることはないだろう。

「電撃文庫」は、そのように多様化した対象に応え、歴史に耐えうる作品を収録するのはもちろん、新しい世紀を迎えるにあたって、既成の枠をこえる新鮮で強烈なアイ・オープナーたりたい。

その特異さ故に、この存在は、かつて文庫がはじめて出版世界に登場したときと、同じ戸惑いを読書人に与えるかもしれない。

しかし、〈Changing Time, Changing Publishing〉時代は変わって、出版も変わる。時を重ねるなかで、精神の糧として、心の一隅を占めるものとして、次なる文化の担い手の若者たちに確かな評価を得られると信じて、ここに「電撃文庫」を出版する。

1993年6月10日
角川歴彦

電撃文庫

れでぃ×ばと！

上月司
イラスト／むにゅう

ISBN4－8402－3559－7

見た目は極悪不良な高校生、日野秋晴。そんな彼が編入したのは、執事さんやメイドさんを本気で育てる専科だったりして……!? 上月司が贈るラブコメ登場っ☆

こ-8-7 1323

れでぃ×ばと！②

上月司
イラスト／むにゅう

ISBN978－4－8402－3687－4

見た目小学生な先輩が胸に秘める悩みとは……？ 執事を目指す、見た目極悪（でも実はビビリ）な日野秋晴のお嬢様＆メイドさんまみれな日々をお楽しみあれ♡

こ-8-8 1376

れでぃ×ばと！③

上月司
イラスト／むにゅう

ISBN978－4－8402－3841－0

夏休み。しかし休みとて従育科は試験があるわけで、秋晴は試験でセルニア宅にお泊まりする事になったわけで!? 執事候補生×お嬢様ラブコメ第三弾ですっ♪

こ-8-9 1425

れでぃ×ばと！④

上月司
イラスト／むにゅう

ISBN978－4－8402－3941－7

「ねぇ秋晴、デートしましょう？」――腹黒幼馴染み・朋美の爆弾発言が、さらなる波乱を呼び起こす!? 恋の逆鞘当て合戦がそりゃもう大加熱の第四巻登場っ!!

こ-8-10 1474

れでぃ×ばと！⑤

上月司
イラスト／むにゅう

ISBN978－4－4121－2

秋も深まる二学期到来。秋といえば体育祭！ というわけで、朋美とセルニアは「秋晴と一緒に遊園地へ行く権」をめぐって体育祭で直接対決!? 第五弾ですっ。

こ-8-11 1526

電撃文庫

れでぃ×ばと！⑥
上月司
イラスト／むにゅう
ISBN978－4－04－867017－3
とうとう朋美vsセルニアの直接対決に決着が……！　遊園地に遊びに行く権利を得るのは一体誰なのかッ!?　風雲急を告げまくる第6巻の登場ですっ。
こ-8-12　1577

カレとカノジョと召喚魔法
上月司
イラスト／BUNBUN
ISBN4－8402－2829－9
口より先に足が出る美少女――白銀雪子。彼女は同級生・水瀬遊矢の保護者を自認していて、しかも幼馴染で、さらに両方一人暮らし中で、おまけに隣同士で……。
こ-8-1　0997

カレとカノジョと召喚魔法②
上月司
イラスト／BUNBUN
ISBN4－8402－2891－4
地上に降りて600年、二つ名を持つほど強力で、もっとも見た目は10歳前後。二階位天使のセーレウスの来日は、カレとカノジョに何をもたらす!?
こ-8-2　1030

カレとカノジョと召喚魔法③
上月司
イラスト／BUNBUN
ISBN4－8402－3020－X
風見野高校に学園祭――通称〝台風祭〟の季節がやってきた。抑止力を期待されたカノジョは特別執行委員として治安維持を任されたのだが……！
こ-8-3　1077

カレとカノジョと召喚魔法④
上月司
イラスト／BUNBUN
ISBN4－8402－3085－4
二泊三日の温泉旅行へ向かった一行。旅行を機にカレの心を回復させようと奮起するカノジョの前に現われたのは、玲を「お姉様」と呼ぶ美少女で……!?
こ-8-4　1118

電撃文庫

カレとカノジョと召喚魔法⑤
上月司
イラスト／BUNBUN
ISBN4－8402－3242－3
遊矢とクリスマスデートをすべく、バイトに勤しむ雪子の前に現われたのは、電波な美少女巫女さん!? クライマックス直前の、カレとカノジョの恋の行方は??
こ-8-5　1191

カレとカノジョと召喚魔法⑥
上月司
イラスト／BUNBUN
ISBN4－8402－3352－7
クリスマスを間近に控えた雪子が送る日常。しかし、その「日常」に遊矢はいなかった……。一体遊矢はどうなってしまったのか!? 堂々の完結編!!
こ-8-6　1238

C³ ―シーキューブ―
水瀬葉月
イラスト／さそりがため
ISBN978－4－8402－3975－2
宅配便で届いた謎の黒い立方体と、深夜台所で煎餅を貪り食っていた謎すぎる銀髪少女（全裸）。えーと、これは厄介事の予感……？ 水瀬葉月第三シリーズ始動!!
み-7-7　1483

C³ ―シーキューブ―Ⅱ
水瀬葉月
イラスト／さそりがため
ISBN978－4－8402－4143－4
なんだかんだで春亮と同じ高校に編入することになったフィア。初登校の矢先、超ウッカリ・ドジ美少女が事件を引き連れてやってきて……!? 第2巻登場！
み-7-8　1535

C³ ―シーキューブ―Ⅲ
水瀬葉月
イラスト／さそりがため
ISBN978－4－04－867023－4
一人でお留守番中のフィアに忍び寄る黒い影。ソレは長い黒髪でフィアを捕らえて……くすぐりまくった!? 春亮と知り合いっぽいこの子って、一体誰だーッ？
み-7-9　1582